神のパズル

大口玲子

すいれん舎

万緑になじみたる日本国憲法九条、九十九条を読む

神のパズル

目次

短歌　神のパズル　一〇〇首　2014.12　7

講演録　竹山広の歌
——キリスト者として、父として　2015.7　43

時評　土地の気配、場所の記憶　81
被災者にわれはあらぬを　2014.7
土地の気配、場所の記憶　2014.10
原発事故後の言葉　2015.2
原発は人を養ひ——故郷と原発　2015.3
なかったごとき戦争　2015.4
未来を断たれる理不尽さ　2015.6

エッセイ　今日のいいこと　101

水は清きふるさと　2012.1
絵本が表す母の痛み　2013.12
今日のいいこと　2014.10
じしんのときのこと　2015.3
ハナちゃんのお母さん　2016.1

短歌　I　115

たがや　三十一首　2015.8
長崎／忍野　十五首　2015.9
秋天に富士　三十三首　2015.12
『桜の木にのぼる人』より　五〇首　2015.9
『トリサンナイタ』より　i　十三首　2012.6

講演録　母子避難を「語る」ことの難しさ　2015.11　145

短歌　Ⅱ　169

『トリサンナイタ』より　ii　三十七首　2012.6
『ひたかみ』より　一〇〇首　2005.11
『東北』より　一〇〇首　2002.11
『海量』より　一〇〇首　1998.11

エッセイ　息子の水、私の水　241

母にビールを　2009.10
犬はどこにいる　2009.12
歩くということ　2009.12
息子のために　2010.7
河野裕子さんのこと　2010.10
優先席に座る人　2010.11
時に、一言は　2011.2
聞こえぬふりで　2011.2
息子の水、私の水　2011.3

装丁　小玉文　BULLET Inc.
装画　山浦のどか

神のパズル　一〇〇首

国境を越えて放射性物質がやってくる冬、耳をすませば

五官では感知しえぬものとして来む、確実に来むと人はささやく

木枯らしは牡鹿半島ふきぬけて女川湾に波を立てたり

学校で習はぬ単位、シーベルト、ラド、レム、グレイ、キュリー、レントゲン

大地から宇宙からわれわれの身体に刺さる自然放射線を意識す

ベランダに小犬を飼へば小犬さへ自然放射線からだに受けて

読みさしの『アトミック・エイジ』膝の上に伏せて鈍色の空を見上ぐる

核弾頭あまた存在する不安を薄めゆく草色のテロリズム

立冬の過ぎて小春日　目閉づれば原子力潜水艦遠くをゆけり

発見後たつた百年無防備な人類を射しくる放射線

大いなる砂時計ありいつか世界のガイガー・カウンターの針振りきるる
放射線測定器

「おつぱいの写真を撮りませう」と言はれ放射線科に二時間を待つ
二〇〇四年一一月八日、石巻日赤病院にて、胸のしこりの検査。

レントゲン写真ベラベラ持ち歩く看護師がゐてドクターがゐて

薄き胸の肉を無理やり挟みこみわれは両胸被曝せりけり

胸部X線撮影《マンモグラフィー》受けたるわれの胸は〇・一五ミリシーベルト被曝せり

どういふ金か理解せぬまま本年もありがたからず受け取つてをり
二〇〇四年一〇月二二日、今年度の原子力立地給付金四九〇八円が銀行口座に振り込まれる。

コバルトライン走行しつつこの道が避難路とならむ日のことを言ふ
二〇〇四年一〇月八日、夫と女川原子力発電所を見学。

海上に白く美しき船浮かびテロ対策の役を負ふかな
女川湾には海上保安庁の監視船がつねに停泊。

原発に来てなにゆゑかわたくしは『グスコーブドリの伝記』を思ふ

広報課のM氏とS嬢、にこやかに迎えてくれる。

まつすぐに指さされわれら入るべきクリーム色の三号機あり

「間違つてもおちやらけたこと言ふなよ」と小さき声で夫に言はる

青きツナギ、厚き靴下、ヘルメット、白き手袋を身に付けわれは

熱心な見学者としてわたくしは静かに管理区域の内へ

いくつもの扉をくぐりそのたびにメロディーが鳴る　まばたきをする

「原発」と「原爆」の違ひ書かれあるパネル見てをり案内を聞かず

燃料プールまぶしく青く見ゆるのは北上川ゆ引かれ来しみづ

流れざる北上川の水のなか燃料棒は神のごと立つ

眼鏡落とさぬやうに幾度も言はれつつ燃料プールを深く覗きこむ

二八六℃の熱を思ひつつわれは原子炉の上に立つたり

廃棄物処理して処理して処理して処理してそののちのことわれは訊かざる

ガラス越しに広がれる海、漁業権放棄されたる海黙し見つ

原発を「ピカドン」と呼ぶ住民もゐて東北電力の悩みは深し

安全と思へばゆきしわたくしか新聞記者の夫をともなひ

「原発事故取材安全マニュアル」を夫が持つこと知りをれど言はず

ヨウ素剤服用すべきはいつ　夫が服用するさまを想像しをり

女川より送電線を伝ひきてわれを照らす灯、今消したる灯

原発から二十キロ弱のわが家かな帰りきて灯を消して眠りにつけり

「原爆で遊ぶな」といふ声厳かに空深く聞きし耳のひとひら

二〇〇四年一〇月五日、渋谷ユーロスペースでアメリカ映画「アトミック・カフェ」を観る。

「否」といふ言葉の強度科学者のジュリアス・ローゼンバーグ、その妻エセル

原爆開発に関わり、最高機密漏洩嫌疑で逮捕され、最後まで否認し、結婚記念日に処刑された。

微笑みのハリー・S・トルーマン「神の御趣旨に添ふやうに」原爆投下せしと言ふ
アメリカ第三三代大統領。

さまざまなフィルムの中に空の気配察し見上ぐる日本人をり

英語音痴のわれにしてしかし「マッシュルーム・クラウド」といふ単語聞き取る

京葉線新木場駅より徒歩十分ゆうかり橋を渡つて降りて
二〇〇四年一〇月二日、東京夢の島の第五福竜丸展示館見学。

すつぽりと船を納めて東京のすみつこに小さき展示館あり

海上ではなくて地上の公園に第五福竜丸まるごとありぬ

久保山愛吉死して五十年そののちのヒバクの記憶の堆積の嵩

贄として木造漁船ありけりと思へば眩しこの館内は

二五〇キロの錨は怒りと思ふまで錆びし鉄塊を見つめてをりぬ

かつて海を抉りし大きスクリューもやや錆びてあり船底下に

棒立ちに聞く録音の焼津なまり久保山愛吉の肉声の張り

海図にはなき危険区域泳ぎゐしマグロがはこびたる放射能
原爆マグロ四五七トンが捨てられし築地市場の闇は

港町に住みてマグロを好むわれを「原爆マグロ」といふ語が打てり

山之口貘の「鮪に鰯」思ひ高田渡のメロディーで歌ふ

下北にわれは行かざれど電力会社に土地を売らざる老婆に礼す

二〇〇四年一〇月一日、むつ支局勤務の友人よりメール。

七万人を殺しし一人、いちにんの竹山広を殺せざりけり

二〇〇四年七月一九日、長崎に原爆を投下したアメリカ空軍機のパイロット、チャールズ・W・スウィーニー氏（八四）が老衰のために死去。

被爆後の五十九年を生きたまひ歌詠みたまふ竹山広死ぬなよ

ペットボトルの緑茶成分「テアニン」の文字を「テニアン」と読み違へたり

二〇〇四年六月一六日、「エノラ・ゲイ」機長だったポール・ティベッツ氏(八九)、
同機の出発地テニアン島を六〇年ぶりに再訪。

人生を悔いたくはなしわたくしも原爆投下せし老人も

張り扇にて打ちゐるは火ならむと神田香織の本気を聴けり

二〇〇四年五月一五日、仙台・法運寺本堂にて
神田香織の新作講談「チェルノブイリの祈り」を聴く。

チェルノブイリわれに近づき遠ざかり夫を思ひ少し泣きたり

もし夫が被曝して放射性物体とならばいかにかかなしからむよ

女川が「チェルノブイリとなる」予感飲みつつ言へり記者たちはみな

とりどりのボート納めたる小屋の奥　歩き疲れなほ歌ふ人たち

二〇〇四年五月一一日、石巻の北上川艇庫にて、「国際平和巡礼」の人々二〇人と交流。

オーストラリアウラン採掘鉱山のロックスビィダウンズより広島へ

五千キロを歩くという。

話すこと表現すること祈ることシンプルなり彼らの活動は

イギリスの核実験で被曝せしアボリジニより上がりたる声

ウラニウムは母なる大地にとどめよとアボリジニからの風の伝言
日本は年間三千トンのウランをオーストラリアから輸入している。

とりあへず涙拭くタオル渡したりオーストラリア人のバルボに
彼の父親は原爆投下間もない長崎に陸軍兵士として配属された。

原爆の残り火は「平和の火」として分けられ五千キロをともにゆくなり
広島でカイロに収められ保存された火は、福岡県星野村に今も燃え続ける。

につぽんの東北の石巻のさくら、桜はこの春を被曝する

左胸のしこりが一つ増えてあり触れてもわかる写真でもわかる
二〇〇四年四月八日、仙台にて日帰り人間ドック。胸部X線撮影（マンモグラフィー）。

東北に四年を人と暮らしたり賢治死の歳まであと二年

シュラウドの皹もバルブの水漏れもたつきとなさむ夫出勤す

二〇〇二年四月一日付で夫は石巻総局着任。
管内には、女川原子力発電所、航空自衛隊松島基地がある。

訓練は訓練として実際の事故とは違ふ空の色なり

夫は女川町の宮城県原子力防災対策センターで県の防災訓練を取材。

弱火にて小豆煮てをり上空をF2機飛びゆく夕暮や

原子力関連施設いくつ抱へ込み苦しむあるいは潤ふ東北よ

二〇〇〇年三月、結婚にともない東京から仙台に転居。

人体の容量超えて苦を負ひし人の写真を一面に置く

一九九九年一二月二一日、茨城県東海村のＪＣＯ臨界事故による被曝で大内久さん（三五）死亡の新聞記事。

長崎ゆ初めての飛行機に乗りて来れり竹山広の体

一九九六年七月、長崎在住の先輩歌人・竹山広『一脚の椅子』でながらみ現代短歌賞受賞。

われの詩を言葉を恥ぢて白きシャツの竹山広と握手せりけり

竹山広われの何かを許さざらむ許されぬままわれは生くべし

朗読をすれど近づけぬ熱さかな被爆せしひとの言葉のうねり

一九八六年夏、朗読劇「この子たちの夏」の舞台に立ち、短歌一首を朗読。

引き寄せたき歴史への距離をはかりかね写真通りの原爆ドーム

一九八四年夏、平和教育の一環として計画されたプログラムに参加、広島・長崎へ。

小頭症ゆゑわれらの前に立つ女性、直截に被爆二世と言はれ

三日目にほとほと食欲なくしけり十四歳《じふし》のわれのヒロシマ・ナガサキ

首相訪米反対デモを避けて母は早期入院しわれを産みたり

一九六九年一一月一七日、東京大田区大森の羽田空港に近い病院で私は生まれた。

原則はいくたびも擦れ、汚れつつ繕ひきれぬほころびを見す

一九六七年、佐藤栄作首相は「非核三原則」をとなえ、一方でそれを「ナンセンス」とも述べていた。

原爆一〇〇個水素爆弾も持つ国はチャップリン再入国を拒否せり

一九五二年、マッカーシズムの中で。

「ファット・マン」大暴れして爆風と熱線は過ぎ、地に残るもの

一九四五年八月九日、アメリカが長崎に原子爆弾投下。

エノラ・ゲイを離れ落ちゆきたるのちの「リトル・ボーイ」の声やふるまひ

一九四五年八月六日、アメリカが広島に原子爆弾投下。

神のパズル、解きたるのちのたかぶりは神に返せぬ熱を帯びけむ

一九三六年「わたしは、神様のパズルを解きたいのです」
（アルバート・アインシュタイン「物理学と存在」）。

アインシュタイン舌出したまひもう既に神に返すべき熱にはあらず

百年の後まで放射能を残しマリー・キュリーの測定ノート

一九三四年七月四日、キュリー夫人が白血病で死亡。

風樹のごと自らを放射線に曝し科学の殉教者は増えにけむ

X線熱傷治療にX線さらにかけ続け癌発症す

一九〇四年、エジソンの助手クレアレンス・ダリー、電離放射線被曝による初めての死者となる。

嬉々として人々は見きX線通したるみづからの手、足、頭

一八九六年五月、トーマス・エジソン、ニューヨークの電灯協会博に蛍光透視鏡出品。

「トーマス・A・エジソンのX線キット」売り出されたるレントゲン狂時代

妻の手にX線あてて写し出す細き手の骨と結婚指輪

一八九五年一一月八日、ドイツのヴィルヘルム・レントゲン、X線を発見。

レントゲン夫人の怖れは漠然と死の予感、一瞬、後世を照らす

まだ世界は未完成なるものとして原子の力ふるはれゆくや

竹山広の歌

――キリスト者として、父として

二〇一五年七月二十日　講演

宮崎から参りました大口玲子と申します。竹山さんと同じ「心の花」という短歌の会に二十歳の頃から入っていて、短歌を作っています。今回、私がここに呼ばれたのは、竹山さんと同じ会にいて多少のおつきあいがあったからということですが、あらためてこうして壇上に立ってみると、「つきあいがあった」とか「親交があった」と胸を張って言えるようなものは、私にはなかったのかもしれないと思っています。この会場で、竹山さんとお話ししたりお会いになったりしたことがある人は、どのくらいいらっしゃいますか？お会いになったことがない方のほうが、圧倒的に多いのですね。竹山さんの短歌をお読みになった方はたくさんいると思いますが、御本人を知らないという方もたくさんいると思いますので、少しだけ思い出話をさせていただきます。

私が初めて竹山さんにお会いしたのは、二十七歳の頃です。竹山さんの歌集『一脚の椅子』がながらみ現代短歌賞を受賞され、竹山さんが生まれて初めて飛行機に乗って上京されたときのことでした。そのお祝いの席で竹山さんは、「私は飛行機が大嫌いで決して乗るまいと思っていましたが、今回初めて乗ってみたらとても快適でした。また乗りたいと思うくらいです。」と挨拶されました。会場の皆さんが大笑いをして、温かい拍手をなさっていたのを憶えています。

後日、竹山さんがその時のスナップ写真を送って下さいました。とても律儀な方ですので、その場にいた皆の分をきちんと現像して送ってくださったのだと思うのですが、封筒を開けると、竹山さんと私のツーショット写真と一緒に、小さいメモ書きが入っていました。そこには「写真を現像してみたら、こんな美人が写っていたので送ります。」とだけ書いてあったのです。竹山さんというと、非常にまじめで謹厳実直な方というイメージがあると思うのですが、いっぽうでは、そのような肉声を感じさせる茶目っ気というか、ユーモアのある方でした。

「親交」と言っても、この程度のやりとりは、私以外にも多くの方がなさっていたと思います。とても筆まめで、葉書、お年賀状、お手紙、字が書けなくなってからはお電話を頂いたことも何度かありましたけれども、誰に対しても、たいへん丁寧に心のこもった誠実な対応をされていたようです。「自分は竹山さんに特別に大事にされている」と思う人はきっとたくさんいて、たぶん、私もその中の一人です。

私が初めて竹山さんの短歌と出会ったのがその少し前、二十五、六歳の時だったと思います。当時絶版になっていた竹山さんの第一歌集『とこしへの川』を、先輩から借りて読んだのです。それが竹山さんとの文学的な本当の出会いだったと思います。まだ自分の歌集も出していなかったし、短歌をこれから自分の表現としてやっていけるのだろうか、どうしようかと意識しはじめた頃です。

当時、私は東京に住んでいて、同世代の短歌の仲間がたくさんいました。短歌を一生懸命やっている三十歳前後の若者というと、新しい表現をしてみたいとか、人と違ったことをやってみたいとか、自分の短歌をとりあげてほしいとか、発表の場や賞がほしいとかいうことで、どこかギラギラとしてとがっているような雰囲気もありました。もちろん私自身にも同じような気持ちはあったと思うのですが、何か少し違うのではないかという醒めた部分もありました。そんな頃に竹山さんの『とこしへの川』を読み、圧倒的に次元の違うものがここにあると感じ、衝撃を受けたことを憶えています。

『とこしへの川』の巻頭に、佐佐木幸綱の「竹山広論」が収録されており、そこでは「被爆者の体験は思い出にならない、美化されることもない、ひたすら深化されていくだけ」と指摘されています。佐佐木幸綱は私の師ですが、命をかけてこれを書いているなという真剣さが伝わる文章でした。

私自身の出発点でもありますので、まずは『とこしへの川』から引用したいと思います。

水のへに到り得し手をうち重ねいづれが先に死にし母と子

竹山さんが二十五歳で被爆されたときの体験がもとになっている歌です。被爆した人が水を求めて彷徨った話はよく耳にしますし、私たちの知識としてもあると思うのですが、この歌では、被爆した母と子がようやく水辺にたどり着くことができた、そこで水を飲むことができたのかどうかわからないが、母子は手を重ねるようにして死んでいる、という場面です。ここで注意したいのは、「死んでいる」という表現ではなく、「どちらが先に死んだのだろうか」という問いの形になっているところです。考えてみればとても切ない歌です。私は、自分自身が母親になってから、この歌の読み方が深まったという気がしていますが、目の前で子どもが苦しみながら死んでいったらお母さんはどんなにつらいことかと想像しますし、子どもにとっても、目の前でお母さんが苦しみながら死んだらどんなに悲しいことかと思います。わずかな時間差で母子は死んでいったのでしょう。「どちらが先に死んだのだろうか」ということを問うてもしかたがないような気がしますが、この光景を見た竹山さんは、つぶやくように自分自身にこの問いをぶつけます。そして私たち読者にも、この問いとともに、この切ない場面がつきつけられていると思います。

くろぐろと水満ち水にうち合へる死者満ちてわがとこしへの川

上の句は「くろぐろ」とか「水満ち水に」というような音の繰り返しがなだらかでゆったりとした調べをつくっているのですが、下の句ではいきなり、川いっぱいの死者たちという凄惨な光景がつきつけられます。そして「わがとこしへの川」と結ばれているのですが、私は、この「わが」がものすごい表現だと思います。想像するだけでも目を背けたくなるようなこの凄惨な川のイメージを自分自身に引き寄せ、生涯そのイメージを持ち続けようとする竹山さんの強い「意志」が、この「わが」という言葉にこめられているように感じます。実際、竹山さんは自分の内側に死者を抱え込んだまま、戦後を生きていらっしゃったのではないかと思います。それは次の歌からもわかると思うのです。

言ひ残しゆきし名ひとつ平穏に忘れむことも宥したまはず

被爆して死んでいく人が、自分の名前を言い残して死んでいったのです。おそらく、知り合いではなくたまたまその場に居あわせた人だったと思いますが、竹山さんはずっとその死者の名前を抱え込み、忘れることなく生き続けました。また、次のような歌もあります。

〈まつだよしこはここにいます〉と叫ばなくなりて落葉に顔伏する見き

自分の名前を何度も叫びながら死んでいった女性を見た竹山さんは、「まつだよしこ」というその名を忘れることができません。名前だけではなく、その声や表情、最期の姿も自分の内側に抱えこみ、竹山さんはその後を生き続けました。

死の前の水わが手より飲みしこと飲ましめしことひとつかがやく

このときの状況を竹山さんは詳しくお話しされています。竹山さんが水を飲ませてあげたのは女の子だったそうです。その子は、飲んだあとに「おじさん、ありがと」と言った。もう一度、その女の子に水を飲ませてあげようと思って竹山さんがその場を離れているあいだに、その子は誰にも看取られずに死んでいったそうです。

この歌について、奥田亡羊さんが「これは、自分が水を飲ませてあげたあのときの女の子が、自分を救い続けてくれているという歌である」と言っています。この作品は、このまま読めば、作者が女の子に末期の水を飲ませてあげることができたという歌ですが、それだけではなく、大事なのは、水を飲ませた女の子が、生き残った作者をその後もずっと救い続けているということなのではないでしょうか。現在形で述べられた、結句の「ひとつかがやく」という七文字のひらがなを見ると、私もそのように思うのです。

今日の講演タイトルに「キリスト者として」とつけました。困っている人を助けようとする愛の行いは、キリスト者でなくても誰でもできることです。見知らぬ人であっても、目の前に困っている人がいたら何かしようとするのは、もしかしたら本能に近いものとして人間に備わっているのではないでしょうか。キリスト者でなくても、仏教徒であってもイスラム教徒でも無神論者でも、たとえば死ぬ間際の人に水を飲ませるという行為は、同じようにできることなのかもしれないと思います。竹山さんにとって、被爆直後の状況にあって女の子に水を飲ませてあげるのは、特別なことではなかったのです。ただ自分のその行為の意味として竹山さんが感じていたのは、「自分は水を飲ませてあげることができた、あの女の子にいいことをしてあげた」という自己満足のようなものではなく、水を飲ませてあげることができたということで、あのとき死んでしまった女の子が、その後も生き続ける自分を確かに救ってくれているということなのではないでしょうか。誰にも看取られずに死んでいった女の子の死にも、自分にとっては大きな意味があったというふうに竹山さんが受けとめようとしていたのではないか。どんなことにも神の意志が働いており、どんなことにも意味があるというカトリック的な考え方を私は思いました。

佐佐木幸綱はまた、「竹山作品は怖い。〈本当のこと〉をうたってしまっているからである。〈本当のこと〉は、ときに暴力的に私たちの常識や建前を侵犯する。言ってしまったら元も子もないそこを、竹山はあえて表現する。竹山作品に毒のにおいがし、危険の気配が感じられるのはそのためである。」という指摘もしているのですが、それはたとえば次の歌に感じられます。

マニラ陥落祝賀歌会に入賞を賜りてより歌に逸りし

マニラ陥落は、太平洋戦争が始まったばかりの、日本軍にまだ勢いのあるときでした。「マニラ陥落祝賀歌会」という、今の私達から見ればぎょっとするような名前の歌会に初心のころ出席し、そこで賞をもらった喜びから夢中になり、勢い込んで歌作に向かっていったという歌です。何か、身もふたもないという感じがします。わざわざこんなことを言わなくてもいいのに、と私などは思ってしまいますが、これはまさに竹山さんが「〈本当のこと〉をうたってしまっている」歌なのでしょう。「人賞」というのは、「天地人」とあるうちの一番下の賞です。一番ではなかったということもあえて明らかにすることで、妙なリアリティがあります。人間の心の暗い部分をそのまま、竹山さんらしい律儀さで表現し、そのまま読者に差し出すような歌です。

撮られむとひとは微笑す原子爆弾落下中心塔をかたへに

自分も同じようなことをしていそうで、どきっとする歌です。原爆落下中心地で記念撮影をしている観光客がいて、そんなにニコニコと笑っていた訳ではないと思いますが、竹山さんは撮影の瞬間の「微笑」を見逃さないのです。この短歌自体は、この観光客を「けしからん」と言っている訳ではなく、意味としては批判や非難の言葉はありません。でも、

「けしからん」と言葉にして厳しく批判されるよりも、淡々と「微笑す」と表現されるほうが、凄みがあって怖いのではないかと感じます。

力尽きて死ぬ被爆者を悼むこゝろ宝を惜しむごとく言ふかも

被爆者は「宝」なのでしょうか。被爆体験を語ったり、身をもって反戦平和を訴えたりというような役割だけを求め、被爆者の存在を利用するようなものの見方への批判がありえます。「宝を惜しむごとく」という比喩は、一見さりげないのですが、よく考えてみるとすごく怖いことを言っているように感じます。被爆者は生きている間に「宝」として大事にされたのか、とも思います。

歳月を数ふるにわれら戦ひに敗れたる日をはじまりとせり
四十年目四十年目とひとらいふ原爆の日を待つもののごと
あとはなきごとく五十年五十年と言ひ合ひたりし声も終りき

竹山さんは、広島と長崎の原爆の日、終戦記念日、御自分の誕生日など、節目節目にほぼ毎年律儀に歌を作っておられます。「原爆の日を待つもののごと」「あとはなきごとく」という表現、これも比喩ですが、容赦のないシビアな言い方です。この会も「戦後七十年」とタイトルにありますが……私達は、戦後〇年というような節目に過去を振り返り、戦争体験などを継承していこうとします。それ自体は真摯な取り組みであっても、「戦後〇年」「原爆の日から〇年」と周囲が盛り上がるのと反対に、どこか醒めている作者の気持ちがあるようです。「原爆の日」を楽しみに待っているかのような口ぶり、大きな節目としてマスメディアなどでとりあげられた「戦後五十年」への違和感です。記念日のどんな盛り上がりも、「終わりき」と表現されているように過去のものとなり、人々は何事もなかったかのように日常に戻っていきます。自分の内側に多くの死者を抱え込んで生きていた竹山さんにしてみれば、いっときだけの盛り上がりに何の意味があったのかという思いがあったのではないでしょうか。でも竹山さんは、「何の意味があったのか」と批判しません。「終わった」とだけ表現するのです。そこが竹山さんの怖さだと感じます。

また、竹山さんの歌集で目につくのは黙禱の歌です。

涙すすりて黙禱に入る遺族らを待ち構へゐしものらは撮りぬ

報道機関のカメラマンたちは、シャッターチャンスを逃すまいと待っているのですが、単に「待っている」ではなく「待ち構えている」と、まるで獲物を狙う獣のようにもののもののしい動詞で表現されています。あくまで行為を表現しているのですが、待ち構へゐし「ものら」のリアルな心の動きまで感じられる表現です。次に黙禱の一分間を問題にしている歌を三首読みます。

いそがしく終る一分の黙禱に君がことも君がことも思ひ浮かばず
一分ときめてぬか俯す黙禱の「終り」といへばみな終るなり
一分の黙禱はまこと一分かよしなきことを深くうたがふ

三首はそれぞれ別の歌集からとったのですが、どれも一分間の黙禱に対する違和感や批判があると思います。一首目は、言い方としては「君がことも君がことも思ひ浮かばず」と、まるで自分が悪いかのように言っていますが、亡くなっていった多くの友人、知人のことを思うと、形式的な一分の黙禱ではとても時間が足りないという違和感です。

次の歌は「「終り」といへばみな終るなり」と言っているのですが、誰かが時計を持っていて、時間になると全員が同時に黙禱をはじめ、時計を見ていた人が「おなおりください」と言えば、全員が一斉にやめて目を開ける。始めますと言って一斉に始め、終わりますと言って同じ時刻に終える、そのような祈りとはいったい何なのか、祈りといえるのかという問いかけがあるような気がします。「終るなり」とあっさり述べているだけで、日本語の形としては問いかけにはなっていないのですが。

黙禱は、おそらく誰もがしたことがあると思いますが、一分間という短い時間で、宗教に関係なく誰でも参加できる合理的で効率のよい祈りだと思います。しかし、その形通りの祈りにはどのような意味があるのかということを、作者は問うています。祈りは、「終り」と言われてすぐに終えることができるものなのか。「終り」と言われてやめるのは、実は心の動きとしては怖いものなのではないでしょうか。

黙禱は、漢字で書くと「黙って祈る」ということですが、本来は祈りというより死者への追悼という意味が大きいのかもしれません。ここでカトリック信者にとっての祈りを考えてみたいのですが、祈りとは、神との対話ということになると思います。何か願いごとや希望を人間の方から言うというよりも、まず聖書を読んで神の言葉に触れ、それに自分を合わせていくのがカトリック信者の祈りのイメージです。

カトリック教会は、黙禱を否定していません。私は、ある司教様に「原爆投下時刻がミサ中だったらどうするのでしょうか。ミサを中断して黙禱をするということはありますか」と聞いてみたら、「最初から予定されていれば別だが、ミサの流れを中断するようなことはしない。黙禱よりも、ミサで神の言葉を聞いて祈るほうが圧倒的に上である」というようなことをおっしゃっていました。教会によっても違うかもしれませんし、黙禱をしたいという方もいらっしゃるようですが、たとえば私の所属している教会では、原爆投下時刻や東日本大震災の地震発生時刻に黙禱はせず、カトリックの形式で聖書を読んで皆で祈りを捧げるという形をとっています。

やはり竹山さんも、「黙禱」を御自身の信仰とは別の心の動きとして捉えていたのでしょう。八月九日のあの瞬間を思い、亡くなった人たちひとりひとりを想う追悼の時間として、律儀に目を閉じていたのではないかと思います。ただ竹山さんは、一分という時間では追悼しきれないほどの死を抱えていらっしゃった。

三首目の「一分の黙禱はまこと一分か」も竹山さんらしい表現だと思います。批判のかわりに問いかけ、疑問として提示しているところです。黙禱の形式的なところ、儀式化されていく傾向への批判を批判として歌わず、「まこと一分か」という少しとぼけた疑問として提出しているところが、いかにも竹山さんらしい。「よしなきこと」は、つまらないこと、たわいのないことですね。「まあ、どうでもいいことなんだけど」と断りを入れている。何か悪いものを糾弾するとか正義を主張するような言い方ではないですね。「深くうたがふ」と結句にありますが、静かに問いかけるような歌です。

一般的に黙禱は、自分の日常の時間を断ち切って静かに死者を思うという、非日常の時間です。でも、竹山さんの場合は違ったのではないか。竹山さんの場合は、日常の中でも、どこかに原爆の死者たちを忘れられずに思い続けているようなところがあったのではないか、と思います。だから、ことさらに黙禱という形で一分間だけ形式的に祈ったり追悼したりするということに、他の人よりも大きな違和感があったのかもしれません。

よみがへりくる酔漢の一語あり「原爆忌だぞほどほどに飲め」

さりげない歌ですが、何か心ひかれる作品です。たまたま出会った酔っぱらいだろうと思うのですが、「ほどほどに飲め」というこの一言がいい。原爆忌だから節制しろ、禁酒しろというのではなく、むちゃくちゃに飲めというのでもなく、「ほどほどに飲め」。「原爆忌」や「黙禱」では、かしこまって死者を追悼しなければならない、それ以外のことは許されない、まじめにやってください、というような私たちの常識や思いこみに気づかせてくれる、そんな作品だと思います。

さきほど、愛の行いはキリスト者でなくてもできると言いましたが、では、キリスト教の本質は何かと問われれば、復活を信じているということだと思います。ひとことで言うと、人間は死んだらおしまいではないということです。竹山さんも、そのように信じていらしたと思います。年譜に「家は禁教時代から切支丹」とあり、竹山さんも生まれてすぐに洗礼を受けたでしょうし、一時期は、神父を目指して神学校に通われていた時期もあります。竹山さんが生きていく中心に信仰をおかれていたのは、間違いないことだと思いますが、御自分の信仰を歌集のなかでことさらに語ることはされていないという印象があります。ただ、ときどきドキリとする歌があります。

たまものは神より受けよしろくしろく振りつつ遠くなりゆきし手に

これは詞書に「大口玲子さん来訪三首」とあるうちの一首で、私のことを詠んでくださった歌です。私は、竹山さんから何かを学びたいという思いがあり、長崎のお宅をひとりで訪ねたことがあります。それが竹山さんとお会いした最後になったのですが、今思えば、あれもこれも聞いておくべきだったという後悔があります。当時、竹山さんは体調が非常に悪く、一日に数時間酸素を吸わなければならないという状態でした。あまりつきつめた話もできず、それでも一時間くらい短歌の話をしてタクシーを呼んでもらって帰ったときのことを詠まれたのでしょう。

しばらくして発表されたこの歌を読んだとき、とても驚きました。そして、「たまものは神より受けよ」という言葉にがっかりしました。私は短歌の話がしたくて竹山さんに会いに行ったのに、「たまものは神より受けよ」と言われ、はぐらかされてしまったような気持ちになったのです。竹山さんのお宅で話していたときに、信仰の話題はまったくありませんでした。私自身、当時はカトリック教会に行ったこともありませんでした。そんな私に、なぜ「たまものは神より受けよ」なのでしょう。「たまもの」の意味さえわかりませんでした。二〇〇六年のことです。

二年後に私は洗礼を受け、カトリック信者になりました。今日、その間のことは話しませんが、竹山さんが私にくださった「たまものは神より受けよ」という言葉の意味と重さが、カトリック信者になった今では理解できているつもりですが、もしかしたらわかっていないかもしれません。ただ、短歌のことばかり考えていたような私に、竹山さんが短歌を超えたところで言葉をかけてくださっていたその心を、竹山さんが生きているうちに、なぜ理解できなかったのかと思っています。当時の自分がぜんぜん理解できていなかったということに、今も愕然とするのです。

蘇りたるキリストを仰ぎ来しわれはその夜の碁に連勝す

大好きな歌です。「蘇りたるキリスト」とあるので、復活祭のミサに出て帰ってきた、その晩、気持ちいいぐらい碁に勝ち続けたという歌です。爽快でユーモアがあります。念のため言っておきますと、キリスト者が、信仰によって碁に連勝できるということはないと思います。もちろん、復活のキリストのおかげで連勝したわけではないということを竹山さんもよくわかっているのですが、この短歌はそう読めるように作ってあるんですね。信じるということが、人生に意味を与えてくれるということ。キリストを信じて生きれば、その人の人生の質は変わるのだということが、ここに表現されていると思います。ユーモアとともに、信じて生きることの喜びを感じさせる歌です。

八倍の抗癌剤を投与せし医師ありきげにひとは過つ

これは、この医師を批判したり責めたりする歌ではありません。かばっているわけでもありません。結句の「ひとは過つ」で一般論となっているのですが、人間は完全な存在ではない、人間には限界があるのだということですね。この医師も、そして自分自身にも、すべての人間に限界がある。どんなに優れた人であっても、自分の人生を百パーセント把握しているわけではなく、百パーセント理解しているのは神様だけ。決して間違わないのは神であるというふうに私は読みます。

枕べにノートとペンをそなへおくこの世のものによろこびありて

『地の世』という最後の歌集にある歌で、病気で苦しまれているなかでも、短歌を書くためにつねに筆記用具を身近に置かれていたんですね。「地の世」は、とてもよいタイトルだと思うのですが、おそらく竹山さんのなかで短歌は、「地の世」のこと、この世のことという思いがあったのではないかと私は思っています。竹山さんはキリスト者として、死んですべてが終わるのではなく復活することを信じていたと思うのですが、復活したそのとき、「地の世」にはあった短歌は「天の世」にはないのです。だから「地の世」にいる今は精いっぱい短歌を作っておこうと思われていたのではないでしょうか。

略年譜を見ていただくとわかるのですが、竹山さんが最初の歌集『とこしへの川』を出したときは、すでに六十歳を過ぎていました。二〇〇四年に八十四歳で『遐年』を出し、三年後に『空の空』、さらに次の年には『眠つてよいか』を出版されています。非常に体調が悪いなか、何かに急かされるように歌集を出されているような印象もありました。私は当時、余計なことながら、これほどまでに無理をされることはないのにと心配になることもありました。でも、今はわかります。竹山さんにとっての短歌は、自分が「地の世」にいる間の一つの大切な使命、神から与えられた使命だったのではないかと思っています。

原爆の死を傍観し来しものに死はありふれておそろしく来む

この歌にはいろいろな読みがあり、「傍観してきたもの」は誰なのかということについて意見が分かれたり、読みが揺れたりしているようです。この歌は「八月九日の丘」という連作の最後に置かれていますが、連作には、死んでからお母さんにパンツを穿かせてもらった子、氷水を飲みたいと言ってその夜亡くなった人、無傷の子の死をいぶかりつつ自分も亡くなったという母……など原爆の死者の記憶がひとつひとつ刻むように詠まれています。その最後にあるこの歌で「原爆の死を傍観してきたもの」というのは、やはり竹山さん自身のことなのではないかと私は思います。自分は原爆によるさまざまな死を、ただ傍らで見ていただけだった、何もすることはできなかった、そんな自分は生き残って「ありふれた死」を迎える、という歌なのだろうと読みました。

一方でこの作品を読むと、読者である私たちも、その場には居あわせなかったのですが、それでもかつて確かに存在した「原爆の死」を考えないようにしながら生きているという点で、「傍観者」であると感じることがあります。そして震えながら、自分に来るであろう、ありふれておそろしい死を思うのです。

劇中の死なれば人はうつくしき言葉をいひて死にてゆきつも

今生の別れみじかく言ひ合ふに標準語もて姉のいふかも

この二首は、死ぬ間際の言葉を歌っています。劇中の死の場面では、俳優が何かドラマティックで美しい言葉を言ったのでしょう。次の歌は、自分のお姉さん、シスターだったお姉さんなのであまり一緒に過ごすこともなかったのかもしれませんが、亡くなる直前に、普段使っていた長崎の言葉ではなく、標準語で別れの挨拶をしたということです。

竹山さんは、死とは何か、死の間際に何を言うべきか、重く深く受けとめて考え続けていらっしゃったと思います。抽象的な概念ではなく、竹山さんにとっての死は、原爆の時に自分が見たたくさんの人たちの死、竹山さんが五十二歳の時に亡くなった長女のゆかりさんの死、自分自身が喀血して入院し、覚悟した自らの死、というように、人生の中で立ちあってきた、ひとつひとつの具体的な実際の死であったのではないかと思います。

暗闇に座りて対ふテレビには死ねよとおもふ人の死にゆく

相手はテレビの中の人ですが、「死ねよ」という言葉の過激さにあらためて驚きます。

何か個人的に恨みや憎しみがあって「死ねよとおもふ」わけではなく、テレビを見ていて発作的に感じた感情かと思いますが、竹山さんは他人に対する悪意や憎悪を隠さないのです。もうひとつ「死ねよ」という表現を含む歌があります。

寝たきりになりて長生きする夫を死ねよと思はざるはずのなし

よその家庭のことか、もしかしたら病弱だった御自分を詠んだのかもしれませんが、いずれにせよ、他者の存在をばっさり否定する感情が隠すことなく詠まれています。

あの人はどうしても好きになれない、嫌でたまらないといった感情は、人間として生まれてきた以上、誰もが持っているものです。竹山さんは、短歌の中でそれを否定したり隠したりしていません。人間の本質としてのエゴイズムをありのままに見つめ、そのまま歌うことにためらいがないのです。普段の生活で安易に「死ね」などと言えば、その人の人間性が疑われかねないところですが、短歌で表現する場合、それについてどう思われてもかまわないという態度だったのではないかと思います。

考えてみれば、長崎に原爆が投下されたとき、竹山さんは圧倒的な力で「死ねよ」と言われているのです。結核で病院に入院していて、退院するというその日が、一九四五年の八月九日でした。自分の命が原子爆弾にさらされたそのとき、「死ねよ」という言葉が圧倒的な力を持って自分に向けられたと感じたのではないでしょうか。さらに、原子爆弾という圧倒的な力のもとで死んでいったたくさんの人たちを目撃して、その記憶を抱え込んだまま戦後を生きてこられました。そのことが、竹山さんに「死ねよ」というような直接的なもの言いをさせているのではないかと思われてならないのです。

竹山さんが、短歌でさらりと「死ねよ」と詠むことができたのは、自分の中に他者への憎悪やエゴイズムがあることを隠さず、きちんと受けとめていたからではないでしょうか。そしてその上で、竹山さんの生き方の土台はエゴイズムという人間の弱さにあったのではなく、神を信じ復活を信じるというところにあったのではないかと思います。ときには「死ねよ」というように他者の滅びを願ってしまうこともあるけれど、それはエゴイズムに負けた一瞬の自分であって、生き方の土台はそこにはないということが、御自身の信仰によってはっきりしていたのだと思います。竹山さんは、ときに私たちが感じてしまう憎悪や殺意といった感情を、まぎれもない人間の本質として理解していたと、いま私は思っています。

話が重たい方向に行きました。少し違う傾向の作品を読んでみたいと思います。

爆心のゆふぐるる碑に対ひ立つ青年よ空を見ずに去るのか

私はこの歌がとても好きです。長崎の爆心地を訪れたこの青年は、記念碑に刻まれた文字を丁寧に読み、もしかしたら慎み深く頭を垂れていたのではないかと思います。記念碑を熱心に見ている青年の生真面目さに対し、竹山さんは「なぜ空を見ないのか」と言っています。この爆心地にも美しい空があるんだよ、記念碑ばかり見ていないで空を見上げてごらん、と呼びかけている歌だと私は読みました。空の美しさを見て喜びを感じるというのは、誰にでもある素朴な感情だと思います。

そして、竹山さん御自身が、何の憂いもなく空を見上げるということがあっただろうか、と思うことがあります。竹山さんは、雷は原爆を思い出させるので嫌いだとおっしゃっていたことがあり、短歌にもそのような内容のものがあります。雷という自然現象をふつうの気持ちでは見られなかった竹山さんが、長崎の空につきまとう原爆のイメージを振り払うような作品なのではないかと思っています。

蜻蛉群るる空に枇杷色の雲うまれ人類のゐぬ夜明けのごとし

雀らは残り時間を思はねばみちみちて覚めみちみちて寝む

人間抜きの世界の美しさや、雀に生まれた喜びを歌った歌です。蜻蛉が飛びかう朝焼けの空に生まれる雲の美しさ。雀は自分の年齢など考えませんから、心配事もなく、充実して目覚め、充実して眠りにつきます。雀にとって、余命はあとどのくらいとか、原爆忌だから黙禱をしなければとか、戦後何年というのはないんですね。雀はその時そのときの喜びと充実を享受して生きている。

私は、竹山さんのこのような傾向を「野生や野蛮への憧れ」ととらえています。今から十年以上前になりますが、二〇〇一年に「心の花」で竹山さんの特集がありました。そのときのインタビューで、「生まれ変わるとしたら、どのような時代に生まれたいですか」という質問に対し、竹山さんは、「人間が山野で狩りをして生きていた時代です。そのころの人たちは、短い寿命を純粋に精一杯生きただろうと思います。」と答えています。竹山さん八十一歳のときの答えです。インタビューの中で最も印象深かったのは、この部分です。科学技術の進歩や物質中心主義の果てに核兵器に行きつくような現代社会から自由になりたいという思いもあったのではないかと、胸をつかれる思いがしました。

結核のわれを見限りし聡明をいづくにいかに遂げしをとめぞ

結核だった竹山さんを見限った女性がいるのでしょう。「見限る」というのは非常に直接的な言い方です。そしてその判断を「聡明」と言い切っています。お互いに思いを寄せていたであろう女性と自分の関係を、非常に冷静に客観的にとらえ、簡潔にずばりと表現しています。「いづくにいかに遂げしおとめぞ」は、問いかけでもあり、この女性へのいたわりのようなものも感じます。あのときに私を見限って去ったのは賢い判断だったが、その後どこでどうしているのだろうか、幸せに暮らしているのだろうか。

病弱ではありましたが、その後九十歳まで生きて、子どもが四人いて、歌集を十冊出した竹山さんです。この歌は比較的若い時期のものですが、「聡明」「いづくにいかに」という表現には、自分を見限って離れていった女性に対する余裕があるのかもしれません。シニカルで含みのある歌だと思います。

浜勝《はまかつ》のかつ丼を食ひ出づるときなんたることか妻によろめく

思わず笑ってしまうユーモアの歌です。おもしろさはどこにあるのでしょうか。「よろめく」という動詞は、ふらふらよろけるという意味のほかにもう一つ、浮気するとか誘惑にのるというような男女関係の俗っぽい意味もあります。もちろん、この作品では足もとがふらついて妻のほうへ倒れてしまったということなのですが、なんとなく艶っぽい意味も重ねて思い出させるようなところがあり、そこが笑いをさそうのです。「なんたることか」というやや大袈裟な口調とあいまって、味わい深くユーモアのある作品です。

こよひ剝ぐカレンダーより本分を完うしたるよき音の出づ

「本分を完うする」というのは、「学生としての本分を完うする」などと言うときに使う表現ですね。日めくりかもしれませんが、おそらくは一か月間のつとめをきちんと果たした一枚のカレンダーに使っているのだろうと思います。本来とは少し違う場面で使われたフレーズの意外性、「よき音」という素直な表現がおかしみをさそいます。

次に紹介するのは、父としての竹山広の歌です。

三歳に今日なりたりと言ひくれどわれのゆかりを見にゆきもえず

長女のゆかりさんの歌です。かわいいさかりの長女の三歳の誕生日、自分は結核で入院していて会いにいくこともできない。うつるので、子どものほうからのお見舞いもかなわなかったと思います。「われのゆかり」が、なかなか会えない幼い娘を病床の自分に強く引きよせるような切ない表現です。しかし次の歌集には、突然そのゆかりさんが亡くなったという作品が出てきます。

なれの死後生きし五年に五歳老いこの後の老想ひみがたし

竹山さんは、原爆忌や終戦の日と同じように、毎年のゆかりさんの命日にも節目として作品を残しています。そして、父の日の歌も多いのです。

強き父たれよと誰もかれもいふ父の日のまためぐりくるかも

篁のうへに月出でて父の日の父たりしことやうやく終る

父の日といふはづかしき日のありて昼の畳に酔ひ伏すわれは

今でこそお父さんのイメージも多様化していて、友達みたいなお父さんであったり、お父さんがいない家があったり、家庭によっていろいろです。でも、大正生まれの竹山さんにとって、父親は家長として経済的にも精神的にも一家を支えるものだというイメージがあったのではないでしょうか。病弱で生計を立てることが難しい時期もあり、家族に養ってもらう状態も長く続いた竹山さんは、父としての自分に自信が持てないというところがあったのかもしれないと思います。実際、第二歌集の『葉桜の丘』のあとがきには、「病弱で貧しい父をもったために苦労を負いつづけた娘が若く世を去って七年が過ぎた。心を病んで私は悲しみを歌い得なかったが、五年忌を迎えて漸く数首を成すことができた」とあります。父として、自分は駄目だったという気持ちを率直に書いているんですね。

前にあげた三首の歌を見ると、父の日について真面目に考え、真面目に苦しんでいる竹山さんが見えてきます。原爆忌や終戦記念日とは違うのですから、こんなに真面目に受けとめなくてもいいのではないかと思うぐらいです。「強き父たれよと誰もかれもいふ」「父の日の父たりしことやうやく終る」「父の日といふはづかしき日」……このような表現には、竹山さんが毎年の父の日をつらい気持ちで過ごしていらっしゃったことが表れています。父の日は、六月の第三日曜日ですが、長女のゆかりさんの誕生日が七月一日、ゆかりさんが亡くなられたのが八月です。父の日という言葉を耳にするたびに、父親としての自分を問い直し、自分は父として子どもに十分なことをしてあげられなかったと自分を責めるようなお気持ちがあったのかもしれません。

生き得ざりし汝が歳月を生かさるる父ぞと思ひつつ老いてきぬ

これは、ゆかりさんの誕生日にお墓をたずねたときの歌です。ゆかりさんが亡くなられてからも「生かさるる父」として、娘がいない歳月を父として苦しく生きてこられました。年譜をみると、息子さんが三人いらっしゃることがわかりますが、歌にはあまり詠まれていません。長女のゆかりさんを失ってしまったことで、父としての自分を大きく否定され、その後も父としての自分にどこか心もとなさを感じ続けたのではないかと思います。

生き得たるのみにてよしと誰もいふ興奮しゐていまは言ふかも

居合はせし居合はせざりしことつひに天運にして居合はせし人よ
炎去りゆきし瓦礫を人掘れりいのち得てすることのはじめに
一食の配給を得て去るひとら整然たるをたたへられつつ

「平成七年一月一七日、午前五時四六分」という詞書があります。歌集『千日千夜』の冒頭にある、阪神・淡路大震災の歌です。当時は息子さんが大阪に住んでいらしたこともあり、テレビのニュースをずっと御覧になっていたのだと思います。

この四首、詞書なしで歌だけを見たら、どうでしょうか。ここに書かれている人間の姿は、一九九五年の神戸だけのものではないということがわかると思います。たとえば、東日本大震災のときにもそうだった、同じような人間の姿があったと感じます。

一首目は、震災直後は、無事で命があることをみんな喜びますが、「いまは」と限定されていて、その後、喜びとはまた別に、生活を立て直すまでの長く苦しい時間があることを思わせます。またさらにさかのぼり、長崎の原爆の直後も同じようだったのではないかと思うのです。竹山さん御自身にも、被爆直後には生き残った喜びが実感としてあったと思いますが、その後の困難と、長い戦後の時間があったわけです。すでに三枝昂之さんが指摘されていることですが、神戸の震災を歌いながら、長崎の体験が重ねられている。さらに、東日本大震災のときも、同じような状況だったと私は感じます。

他の三首もそうです。たまたまそこに居合わせたこと・居合わせなかったことが、大きく運命を分けるということ。瓦礫を掘るという行為、きちんと並んで食べ物を受けとる人々の姿とそれを讃える声など、どれもが大きな災害や戦争による惨状の中での、人間の普遍的な姿をとらえています。

私は、自分が仙台で東日本大震災に遭い、その後、避難や移住など大きな生活の変化を経験するなかで、竹山さんが東日本大震災を知っていたらどんな短歌を作っただろうかと考えることが何度もありました。竹山さんは、東日本大震災の前の年に亡くなっているので、実際には東日本大震災の歌は作っていません。でも、今日あげたような阪神・淡路大震災のときの歌を読むと、竹山さんは大震災の本質をすでに歌ってしまっていたのかもしれないと感じます。そうすると、最初に紹介したお母さんと子どもの歌も、私には同じように考えられるのです。

水のへに到り得し手をうち重ねいづれが先に死にし母と子

これは、七十年前の長崎で竹山さんが見たお母さんと子どもの姿ですけれども、もしかしたら阪神・淡路大震災や東日本大震災の被災地でも、同じようにてのひらを重ねて死んでいった母子がいたのではないかと想像します。さらにいえば、日本だけではなく、世界中のさまざまな場所で戦争や大きな自然災害があって、やはり同じような姿で死んでいったお母さんと子どもがいたのではないか。それは、過去の話に限定されることではありません。今も、テロや戦争、難民問題、災害などが起こるたびに、同じ姿で命を絶たれる母と子の姿があるはずですし、これからの未来にもそのようなむごい死がなくなるとはいえないのが今の世界です。

竹山さんの歌は、たとえば一九四五年八月九日の長崎という限定された時間と場所を歌いながら、それを超えて人間の本質的な部分をとらえているというところがあるのではないでしょうか。

　　立ち直りえたる神戸といひて見すひとりひとりに非ざる神戸

阪神・淡路大震災の復興が言われているのでしょう。神戸のきれいな街並をテレビで見ながら、ひとりひとりの人間が立ち直るということの困難を思っているわけです。それは、まさに御自分が長崎で体験されてきたことでもあるでしょうし、少し乱暴ですが、この「神戸」のかわりにたとえば「福島」あるいは「沖縄」などと入れたら、それはそのまま、福島の原発事故や沖縄の基地問題の本質をつくことになるのではないでしょうか。

原爆を知れるは広島と長崎にて日本といふ国にはあらず

これは亡くなる直前の歌です。三枝昻之さんはこの歌について、これは「日本は原爆を知らないのだ」という竹山さんのメッセージであると書かれています。「四十年目四十年目」「五十年五十年」と竹山さんが詠まれたように、節目節目に、あるいは毎年、記念式典をして黙禱をして……ということをしながら私たちは被爆体験の継承や核兵器の廃絶を願ってきたはずですが、この歌を読むと、竹山さんは絶望的な気持ちでいらっしゃったのではないかとも思います。

これももしかしたら、東日本大震災、それにともなう福島第一原発の事故を本当に知っているのは福島の人たちだけで、日本という国はその苦しみや悲しみを理解できていないのではないかということに通じると私は感じます。この歌にも、長崎を歌いつつどこか本質に届いているという竹山さんの鋭さ怖さが感じられます。

最初にお話ししました通り、私は生前の竹山さんとはそれほど親しく会う機会がありませんでした。しかし考えてみると、私は長崎に竹山さんがいるということを強く感じながら短歌を詠み、生きてきたというところがあります。そして、五年前に竹山さんが亡くなって、もうそう思っていないかというとそうでもなくて、今でも、もう会うことはできなくても、竹山さんの存在感は同じように私の中にずっとあるのです。歌集を開けば、これまでと同じように竹山さんにいつでも会えると思っています。

土地の気配、場所の記憶

被災者にわれはあらぬを　2014.7

東日本大震災から三年が過ぎた。近刊歌集の中で東日本大震災と原発事故がどのように歌われているか、関心を持って読んでいる。今年三月に刊行された小島ゆかりの歌集『泥と青葉』では、次のような作品が印象深かった。

その直後わらわらとみな外に出てまだ知らざりき本当のことを
その夜更けまた救急車の音はして見知らぬ時間迫り来るなり
被災者にわれはあらぬを隈ぐまに泥水たまりからだ重たし
せみのこゑ金銀に鳴り毎時〇・〇六マイクロ・シーベルトなり
二人子を亡くした母がわたしならいりませんかいりません

情報に拠らず、ひたすら「知らない」「わからない」自分を根拠に震災を歌っている。一首目と二首目で歌われているのは、地震発生直後、ニュースの言葉や映像が届いていない時点での、まっさらな自分の体験そのものである。不安や混乱、先の見えない心細さを知識や修辞で加工せず、当時の「わからなさ」をそのまま読者につきつける。また、「見知らぬ時間迫り来るなり」には言いようのない緊張感がみなぎっている。三年を経て多くの問題が解決しないままの現在、この「見知らぬ時間」が今なお続いていることを痛感する。三首目の率直な自己規定、四首目の唐突な放射線量も、この「わからなさ」を前面に押し出した表現である。東京在住の小島がわざわざ「被災者にわれはあらぬを」と述べる時、震災についての「わからなさ」や震災との距離感が鮮明になる。五首目は、震災後に氾濫した安易な言葉を、子を失った母親になりかわって全力で拒否する。若者が断定を避けて乱用する「とか」という助詞が、「絆」の怪しさをまっすぐに突いている。

澤村斉美の歌集『galley』は、新聞社で校閲記者として働く個人の現場に震災が刻印した影を丁寧に歌う。

「震」といふ字は敏感に忌避されつ震災ののちのスポーツの記事
やはりさういふ紙面にならざるを得ない　被ばく牛と被爆者の並ぶ夏
死者の数を知りて死体を知らぬ日々ガラスの内で校正つづく

新聞の見出しや紙面レイアウトの機微に執した作品は、震災のニュースを相対化し、新聞紙上で伝えられることのない、震災後の閉塞感やぎくしゃくした空気をじわりとあぶり出す。震災を自らの生業に引きつけつつ「死体を知らぬ日々」と認識する態度が、この作者にしか詠めない作品の個性を引き出しているのだと思う。

昨年来高い評価を受けている藤島秀憲の歌集『すずめ』には、それとわからないようなさりげなさで歌われた震災の歌がある。

単1がなし水がなし妻梨の花は咲けども納豆がなし
東京電力《とうでん》をお気に入りから削除して紐ひっぱれば灯りがともる
ふくふくと暖色系の雨が降る八重を一重を咲くやまぶきに

物資の不足、電気を使う生活、どこか不気味な雨に、震災後の日常が見え隠れする。ことさらに深刻ぶらず、一冊を貫く独自の軽妙さと淡々とした歌い口が震災にも全くぶれない点に注目した。

被災地から離れた所で詠まれたこれらの作品は、震災のある一面を的確に表現し、現代短歌の奥行きを広げている。

土地の気配、場所の記憶　2014.10

「1099日目」（塔短歌会・東北）が刊行された。副題は「東日本大震災から三年を詠む」となっており、「99日目」「366日目」「733日目」に続く四冊目。震災後九十九日目の後は年に一度出されている小さな短歌同人誌である。震災から「二年目」「三年目」ではなく、「733日目」「1099日目」。震災が起きた日を年に一度の記念日として扱わず、今も続く「震災後」の一日一日を丁寧に見つめようとする志を感じる。読者としても、自分自身の「1099日」を振り返り問い直さなければという気持ちになる。

塔短歌会の東北に関わるメンバー十八人が十首ずつを寄せ、作者名と共に居住地や出身地が記されている。地名が作品を理解し味わう手がかりとなっているのはもちろんだが、今回は各作者のテーマと土地の個性とが密接に絡み合う作品が印象深かった。

勢ふも掠るるもあり廃棄物最終処分地反対の署名

深山岳《ふかやまだけ》　田代岳《たしろだけ》　下原《しもはら》　候補地より澄みとほる水あふれて流る

水芭蕉咲きゐき田代峠より沢を目指して臀《しり》で滑れば

きみどりの花綵《はなづな》あまた垂らしつつ沢胡桃佇ちぬ水のけはひに

梶原さい子 （宮城県気仙沼市出身 宮崎県大崎市在住）

原発事故で出た指定廃棄物の最終処分場として、宮城県内の何ヶ所かが候補地となっている。反対署名のそれぞれの筆勢に注目する一首目。候補地とされている土地が豊かな水源地であることを詠んだ二首目は、候補地の一つ一つの地名を愛おしんで詠み込んだ。三・四首目、そこに生きる水芭蕉や沢胡桃のしっとりした存在感や気配がありありと浮かんでくる。作品の中心となっているのは人間ではなく、その土地を潤す清浄な水や空気、そこに生息する植物たちである。

断水の日々この坂に列なして殿様の井戸に水を汲みにき

城山に新しい家が増えゆけば我は殿様の井戸を見失ふ

小林真代 （福島県いわき市在住）

空をうつす田の面《も》と空とに挟まれて五月の谷に生者のみ動く

シドキ折り採れば立つ香《か》にしばしの間《ま》カネやイノチの話を忘る
佐藤陽介（福島県須賀川市在住）

四年ぶりに職安に来つ被災者か否かを分ける欄できており
履歴書を書く　震災時知らぬ人にまぎれて一人寝た図書館で
田宮智美（宮城県仙台市在住）

小林作は、地元の「殿様の井戸」との新たな関係を歌ってユニークである。震災時に並んで水をもらった記憶と、震災後にどんどん変わってゆく街の風景は、平時には思いもしなかったものだろう。林業に従事する佐藤が、大自然の中で労働する自分の存在と共に意識するのは、震災による死者である。そして、震災後に生じた「カネやイノチ」の問題を一時的に忘れさせてくれるのは、その場で鮮やかに香る山菜であった。田宮作は、震災後の生活の不安を具体的に詠む。震災がなければ、図書館という場所で寝泊まりしたり履歴書を書いたりすることもなかっただろう。

具体的な一つ一つの場所が、震災後にそれまでとは全く違う気配や記憶をまとうようになったことの痛切さを思った。

本田一弘第三歌集『磐梯』が刊行された。前歌集と同様、旧仮名の文語体で書かれた「後記」が印象的である。これは単に文語というスタイルや伝統への志向だけではなく、会津に生まれ育った作者の、現代日本語やそれを行き渡らせるための国語教育への懐疑、ひいてはそれらを言語政策として進めてきた日本という国への不服従の表明であると言っても言い過ぎではないだろう。

訛れるをわらふ東京《とうけい》　近代はわがみちのくのことば殺しつ
官軍に原子力発電所にふるさとを追はれ続けるふくしま人《びと》は
夫れ雪はゆきにあらなくみちのくの会津の雪は濁音である
おめえらはなんで生ぎでる嗄れたからすのこゑよ曇天に満つ
いづになつたら帰つて来《く》んだ　ぶらんこのなくこゑがする秋の月の夜
田植うた聴きし泥《でろ》かもわか苗をむだきて水の香ひする風

青布《あをにの》に覆はれてゐるふくしまの真土の息嘯《おきそ》きこえけらずや

一・二首目には作者の「近代」「官軍」に対する批判が明らかだが、それだけではなく、会津の方言や上代の東国方言が自然なものとして取り入れられていて、その豊かな表現の幅そのものが現代日本語への批判となっているように感じた。表記において、本集で妻が詠まれる時は必ず「嬬」の漢字が使われ、三首目では、「ゆき」という表記では会津の雪を表現することができないと断言している。からすやぶらんこの会津なまりの「こゑ」は人間の本質を直截に問い、「泥《でろ》」「むだきて」という東歌を思わせる語彙は、一首に泥臭く素朴な雰囲気を呼び込んでいる。「香ひ」という表記からは、白秋の「風が香ひをつたへるのでない。香ひが風をすずろかせるのだ」という文章を思い出す。最後の歌は、原発事故後の汚染土がブルーシートに覆われている様子だろう。「青布《あをにの》」「ふくしまの真土の息嘯《おきそ》」という古語を含んだ端正で重苦しい表現が、福島の現在とやり場のない嘆きをなまなましく伝えている。

モニタリングポスト埋もるる雪の朝われと生徒と白き息吐く

「甲状腺検査」だといふ五時間目「古典」の授業に五人公欠
「頑張ろう福島」とある立看板《たてかん》のとなりでさくらがんばらず咲く
漢語もて双葉のからだ切り分くる避難指示解除準備区域とぞ
春雨にあらで洗はれゆく屋根よ、ふるさと除染実施計画

一・二首目は、原発事故後の福島の「日常」を鋭く切り取った秀歌である。しかし、本集を最初から読み進めてきた読者は、後半になって「モニタリングポスト」「甲状腺検査」という語彙が侵入してくる「異常」に愕然とする。さらに「避難指示解除準備区域」「ふるさと除染実施計画」などの言葉がはらむいかがわしさと虚しさ。原発事故は自然や生活を変えただけではなく、私たちの言葉にも否応なく浸透してくるのではないかという恐怖を覚えた。

みちのくの死者死ぬなかれひとりづつわれがあなたの死をうたふまで
忘れえぬこゑみちてゐる夏のそら死者は生者を許さざりけり

震災直後の歌と掉尾の一首である。命がけの使命感を持って死者のかわりに歌おうとする作者の言葉に、今後も注目したい。

私が暮らす宮崎県の最南端には、原発立地計画があった。野生馬で有名な都井岬のある串間市である。しかし四年前、原発誘致の是非を問う住民投票の直前に東日本大震災が発生し、投票は見送られて事実上の計画中止となった。串間に住む若い友人の「原発ができれば就職先も増えて若者が地元に残るし、施設も色々できて地元が賑やかになると震災前は思っていました」という切実な言葉が忘れられない。また、熱心に反原発の活動をしている定年間近の友人は九電社員だったが「電力の社員としてではなく、串間市民として原発に反対したい」と言って、串間市内に転居して家を建ててしまった。彼の言葉の意味を改めて考えている。

原発は人を養ひ、しかすがに燃ゆる火芯《くわしん》は人を蔑《なみ》すも
海べりにこつそり生きて黙《もだ》深し五十余頭の白マンモスは
原発は心肺停止して死なず死ぬためになほ血を流しをり

昨年刊行された高野公彦の第十六歌集『流木』には、原発やそのシステムのいかがわしさ、しぶとさ、また事故を起こした原発のなまなましいイメージが繰り返し歌われている。鈴木竹志の『高野公彦の歌世界』には「原発の歌」という項目があり、高野が第三歌集『淡青』の頃から三十年以上にわたって原発の歌を詠み続けていることを丁寧に検証している。高野がもっとも早く原発を詠んだのは一九七七年、同年に高野の故郷である愛媛県の伊方原発一号機の運転が開始されていることを鈴木は指摘している。

青海に伊方原発《いかたげんぱつ》迫れるを峠より見て言葉は絶えつ　『淡青』
五月の日てりわたりけり峠路の北の原発に南の漁村に　『淡青』

高野の原発の歌として「原子炉のとろ火で焚いたもももいろの電気、わが家のテレビをともす」(『水行』)「やはらかきふるき日本の言葉もて原発かぞふひい、ふう、みい、よ」(『天泣』)がよく挙げられるが、右の二首を読むと、高野が原発の歌を詠み始めたその出発点には、放射能汚染などの懸念以前に、故郷の海に無遠慮に立ち入り、故郷の風景を冒瀆する圧倒的な存在に対する違和感と脅えがあったことがわかる。

風いでて波止《はと》の自転車倒れゆけりかなたまばゆき速水《はやすひ》の海　『水木』
遍路路《へんろぢ》を照らして音もなく青き空海のそら、一遍のそら　『雨月』
家失せてふるさと遠しふるさとの光し恋し蜘蛛の網《い》の光　『流木』

広い海と空、まばゆい光、静けさと安らぎ――高野の故郷に対するイメージは、その始まりから現在に至るまで、明るくまぶしい。高野にとって原発は、それらと真っ向から対立するものだった。海が近い、地盤が固い、周囲に人口密集地がないなど、原発立地の条件を考えると、原発建設のために選ばれてきたのは、まさにそのような日本の「故郷」ばかりであったことを改めて思う。

ふるさとは汽水《きすい》光れどもう我は行くこと無けむ墓入り以外　『流木』
居酒屋で原発のことけなしゐる爺《ぢ》さまがゐたらそれが僕です　『流木』

高校卒業後は愛媛を離れた高野の故郷との距離感は、そのまま原発との距離感ともなっている。どのような距離にあっても原発を歌い続けてきた高野の、静かな矜持が表れている歌集である。

なかったごとき戦争　2015.4

ラジオの国会中継を聴いていて「七十年という年月は、戦争の体験者が少数になっていき、戦争の体験や記憶が歴史になっていく大きな節目である」という内容の発言が耳に残った。戦後七十年という節目に出る総理談話に関する話題であるが、この七十年間、おびただしい数の「戦争の体験や記憶」が短歌形式で表現されてきたことを改めて思ったのである。

ひもすがら遊ぶ春野の地平より何もあらはれず空よりも来ず
七十年も敵機のやってこない空　噴煙のやうな積雲が聳《た》つ

志垣澄幸歌集『日月集』には戦争の記憶が繰り返し歌われているが、右の二首は「何もあらはれず」「来ず」「敵機のやってこない空」という打ち消しが、かつてそこに確かに現れて爆撃を繰り返した敵機のしぶとさを想起させて不穏な気配がある。のどかな春の野原、綿雲がそびえ立つ晴天という現在の平穏な風景に、志垣はあえて戦争の記憶を負わせようとしているのである。

老人のいない空港　戦争に殺されし者に待つ便はなく
かたちあるものしか見えぬわれの目に死者らは見えずまして若き死者は
一月の田に笠二つその下の二つの顔と二つのいのち
一月の雨にかがみて田植えする人よなかったごとき戦争
うしないしハモニカのごと忘れいし北爆という言葉のひびき

佐佐木幸綱歌集『ほろほろとろとろ』の「ハノイ空港」は、ベトナム戦争の記憶を歌う一連である。「七十年前」よりも新しい記憶であるが、戦跡も戦争の体験者も登場しない。現在の高齢層が多く戦争で亡くなっているために平均年齢が二十七歳というベトナムの現実、伝統的な葉笠をかぶって働く人がいる昔ながらの風景。戦争の傷跡が目に見える形ではわかりにくくなっているベトナムの現在として「老人のいない空港」や「田植えする人」が歌われることで、その背景に確かに存在する膨大な数の戦死者と民間の犠牲者が立ち現れてくる。四十年前に苛烈を極めたベトナム戦争を「なかったごとき戦争」と思わせるのは、雨中かがんで田植えをする二人の「いのち」の明るさ、田植えの風景の絵画的なのどかさである。この逆説的な表現は、過去に確かにあって多くの人の「いのち」を殺した戦争を、圧倒的なインパクトで現在によみがえらせる仕組みとなっている。また、当時盛んに使われ、今は忘れられたような「北爆」という言葉への懐古に似た感情は、その言葉自体が表す本来の暴力性と、それによって破壊され命を奪われたあまたの無防備な存在を否応なく引き連れてくるようだ。

写真に見し一直線の線　路なりビルケナ　ウの風は鉄路横切る
ガス室の跡なりと　いう崩れた　る煉　瓦昨夜の雨にしめれり

『ほろほろとろとろ』より。今年「解放七十年」を迎えた「アウシュビッツ」の一連はとぎれとぎれに表記されている。世界文化遺産に登録され、すでに歴史となりつつあるこの遺構を吹き抜ける風、そして煉瓦を濡らす雨は、ここで行われた虐殺を過去の歴史とせず、新たになまなましい記憶として読者の心に刻みつけようとするものである。

松尾あつゆきの『原爆句抄』(書肆侃侃房)が四十三年ぶりに復刊された。長崎生まれ、荻原井泉水門下の自由律句集である。

なにもかもなくした手に四まいの爆死証明
子のほしがりし水を噴水として人が見る
落葉する墓石の外にいるゆえに生きている

表現されているのは、あるべき命がそこにないという圧倒的な「不在」の実感である。「四まいの爆死証明」や「子のほしがりし水」という事物は、愛する者のあらわな不在を鮮烈に浮かび上がらせ、彼らが存在しないこの世になおも生き続けることの意味を自らにまた読者に厳しく問いかけている。「墓石の外にいるゆえに生きている」という弱々しい生の定義も、本来ともに生きるべき家族は墓の中におり、そことは明らかに隔たって自分が存在しているという強烈な「不在」の意識から来るものだろう。

原爆で三人の子どもと妻を失うという「極めて異常な体験」（荻原井泉水）から生まれた松尾あつゆきの作品を、戦後七十年の今あらためて読むことの意味はどこにあるだろう。七十年昔、他者に起きた特殊な悲劇として、やりすごすことができるのか。人の命はかくもあっけなく理不尽に奪われるということ。この理不尽は、今もこれからもあり得るということ。私たちはこの理不尽をかみしめつつもっと怖れ、それを表現してもいいのではないか。

「文藝」夏号に掲載されている特別鼎談「震災と詩歌」は、詩・短歌・俳句それぞれの詩型から東日本大震災後の詩歌の言葉を振り返っている。震災直後から詩歌の総合誌などでも緊急の特集があったことは記憶に新しいが、この鼎談の記録はもともと共同通信社から配信されたものである。実作者であり評論も手がける平田俊子・川野里子・小川軽舟による鼎談が、震災から四年を経て企画されたこと、震災後に出版された句集・歌集・詩集という書籍を中心に議論されたこと、最初に掲載されたのが地方新聞であったということは、新鮮で意義深いことであった。震災時に海外にいた川野里子は、震災と原発事故後の日本を広い観点から促え、短歌の「われ」の変容を鋭く指摘している。

・短歌が大事にしてきた「われ」が、原発事故という訳の分からないものをどう背負うのかというとき、一番目立つ形で浮かび上がってきたのが母たちだった。

・原発事故が起きて、放射性物質の半減期という途方もない時間を突きつけられたとき、それを最も切実に考えたのが子どもという未来を抱えた母だった。「未来を抱えたわれわれ」という新しい主語の誕生だと思いたいのです。

・（子どもという）未来のことを考える人は社会的な立場は弱くならざるをえない時代です。今すぐに利益にならないからです。だから、その問題を自分で抱えなくてはいけない。

「未来」と言った時、そこには再度の震災や原発事故、戦争も含まれてくるだろう。未来と向き合う川野の言葉は、かつて子どもという未来をその母である妻もろともに断たれた松尾あつゆきの慟哭にも響くものである。

今日のいいこと

「故郷《ふるさと》」は、3歳の息子が大好きな歌の一つ。「兎追いし…」で始まる、あの文部省唱歌である。宮崎市民プラザのコンサートで初めて聴いて断然気に入ったらしく、せがまれて歌ってやるうちに覚えてしまった。もちろん、意味は理解していない。本人は単純にメロディーが気に入って、無邪気に繰り返すのだが、電話越しに聞かされる私の夫は、複雑な思いでいるようだ。

私たちは家族3人で、宮城県の仙台市に住んでいた。東日本大震災が起こるまでは。余震と原発事故の影響から逃れるため、息子を連れて西へ西へと避難を続け、縁あって宮崎で暮らし始めた。夫は今も仙台で働いている。

私と夫は首都圏の住宅街で生まれ育ち、感傷的に振り返るふるさとを持たない。しかし息子は広瀬川を眺めて育ち、近くでとれた米や野菜を食べ、夏は七夕祭り、冬は雪遊びに夢中だった。息子のふるさとは、仙台になるはずだったのだ。昨年の3月11日までは。

よく宮崎の人に「ありがとう、宮崎に来てくれて」と言われる。いえいえ、お礼を言うのは私の方です、と恐縮してしまう。米、野菜、果物、肉など食材全てを、旬の宮崎産でそろえることができる。道ですれ違う小学生が「おはようございます」と丁寧に挨拶してくれる。息子と住む部屋の外には大淀川。夕暮れ、川辺を散歩するのは、母子でのんびりできる何よりの時間だ。宮崎の人には当たり前の日常かもしれないが、一つ一つがどれほどかけがえのないものか、震災を経て宮崎に来た私には身に染みて分かる。そして涙が出る。息子の「ふるさと」仙台は、当たり前のようにずっとあると思っていたのだ。失ってしまうまでは。

震災後、ふるさとはただ懐かしみ、恵みを享受する所ではなくなった。被災地はもちろん、ここ宮崎も。当たり前のものではないふるさとを、日々の営みの中で創り続けてきた先人を思い、いまも創り続けている人々に感謝したい。

「水は清きふるさと」と息子が理解して歌うようになったときも、清き大淀川で、と祈る。私もその営みの一員でありたい、と願う新年である。

子の好きな屈折放水塔車けふ絵本を飛び出し福島へ行く　大口玲子

寝る前に必ず、布団の中で息子と絵本を読む。その至福を冒すまでの不穏を感じるようになったのは、東日本大震災の後からだろうか。たくさんの消防車が載っている絵本を読みながら、それが実際に活躍するのはどんな非常時であるか、私も息子も実感していなかった。非常時が、私達にとって現実のものとなるまで。

絵本にありし軍用機ゆき幼子のひるの熟睡《うまい》の森を灼《や》き尽くす　辰巳泰子

私が住む宮崎県内の航空祭にオスプレイが展示され、十二万人が来場したというニュースがあった。晴天で家族連れも多かったという日曜日。この日常の続きに非常時が想定されていることは、見えにくい。辰巳は歌の中で軍用機を飛ばし、幼子の命をふみにじる暴力的な力を自分の痛みとしてあらわした。二十年前の作品であるが、この鮮烈な痛みを自分のものとする母親は、今の時代にもいるだろう。

弾痕がつらぬきし一冊の絵本ありねむらむとしてしばしば開く　　斎藤史

「弾痕」は二・二六事件に関わるものである。将校だった作者の親友二人が銃殺され、予備役少将の父親は連座して服役。同年、史は長女を出産している。史が「弾痕」として抱え込んだ、事件の衝撃と時代の不穏。事件は彼女の一生のテーマとなり、この歌は事件から三十年ほど後に発表された。自由な発言や表現が難しくなり、戦争に向かう時代に母となった史。この歌で、銃弾を鮮やかに引き受けるものとして「絵本」を選んだのは、史の母親としての感覚ではないかと思う。

夜8時過ぎ。6歳の息子はパジャマに着替えて歯をみがき、布団に入るとすぐ真顔になって「今日のいいこと何ですか」と聞いてくる。息子と私は、その日にあったいいことやうれしかったこと・神様に感謝したいことなどをお互いに一つだけ話してから、電気を消して眠るのが習慣になっている。宮崎に移住した頃から始めたことで、もう3年くらいになるだろうか。

「朝、自転車置き場の壁に蝶々のさなぎがあるのをお父さんと一緒に見た」「晩ご飯の前に、キュウリを切ってお母さんのお手伝いをした」など、たわいもないことばかりである。しかしどんなに小さなことでも、それを今日一日の恵みとして言葉にして確かめることそのものが、息子にとっても私にとっても寝る前の欠かせない喜びになっている。

時には「ヒラタクワガタが知らないうちに昆虫ゼリーを全部食べていた」「雨上がりのブロック塀にかたつむりがたくさんいた」「市役所の噴水でパンツが濡れるまで遊んだ」など、東京育ちの私が経験してこなかった喜びを息子から聞くこともある。そんなときは、私自身がこの宮崎で子ども時代を生き直しているような至福を味わう。

「今日はいいこと何もなかったな」と感じる日もあったはずだが、もう思い出せない。毎晩「いいこと」を言い合ううちに、日々の生活の中で「いいこと」を見つけるのがどんどん上達するのである。

たのしみは朝おきいでて昨日まで無《な》かりし花の咲ける見る時
たのしみはまれに魚烹《に》て児等《こら》皆がうましうましといひて食ふ時
たのしみは三人《みたり》の児どもすくすくと大きくなれる姿みる時

江戸時代末期の国学者で歌人でもあった橘曙覧《たちばなのあけみ》は、「たのしみは」で始まる短歌五十二首を残している。そのうちの三首をあげたが、さまざまな「たのしみ」の中には妻子を詠んだ歌もあってほほえましい。橘曙覧も子の親だった。そして「いいこと」を見つける達人だったのだろう。

橘曙覧の時代からおよそ百五十年後の現在。子どもたちをとりまく状況は「いいこと」ばかりとはいえないかもしれない。それでも毎日一つの「いいこと」が、すべての子どもにあることを祈りたい。

東日本大震災が発生した夜、息子とひたすら絵本を読んだ。電灯もストーブも消えた部屋で他にすることもなく、布団にもぐりこんで懐中電灯で絵本を読んでいた夜を「じしんのときのこと」として、息子は六歳になった今も時々口にする。

子の好きな屈折放水塔車けふ絵本を飛び出し福島へゆく

『はたらくくるま』の絵本でしか知らなかった「くっせつほうすいとうしゃ」が現実に出動するという事態になった驚きを短歌に詠んだのは、数か月後だった。防災ラジオのニュースを聞いても状況がつかめず、死者と行方不明者の数が増えていくばかり。さらに原発事故の速報が伝えられるようになると、空気や食物の汚染はどの程度なのか、不安でいっぱいになった。食料や水を確保するあてもなかった。八日後、住んでいた仙台から避難することを決めた。キオスクで新幹線のシールブックを買ったのは、車内で息子が泣いたり騒いだりしないためだった。一刻も早く逃げたくて、必死だった。

関西へ来て水や食料の心配がなくなって、ようやく気が付いた。子どもは、どんな状況でも子どもらしく過ごすことが必要だ。大人は震災と原発のニュースを聴き続け、不安で頭をいっぱいにしながらでも生きていくことができる。しかし非常事態だからこそ、子どもには絵本を読み、シールを貼ったりはがしたりするような、あるいはもっとのびのびできるような時間と環境を確保してやりたい。

人形に「もうすぐ地震をはるよ」と繰り返す子のひとり遊びは

震災で命を奪われた子ども達はもちろんのこと、当時の息子を、また被災地で震えていた多くの子ども達を思うと、今でも痛ましい気持ちになる。人間は、水や食料がなければ生きていけない。それにくわえて子ども達は、心と体を存分に解放して遊ぶことがなければ生きていけないのではないか。

放射能汚染のリスクを極力避けたいという判断で宮崎に移住、四年がたとうとしている。泥遊びや農作業を体験できる環境は、子どもにとって天国だ。一方で、後ろめたさがつきまとう。高線量の地域では屋外活動が制限され、運動不足の子どもが増えている。今この同じ国に、どんぐりに触れたことがない子がいることを、思い出さずにはいられない。

地球上には労働者や兵士として生きることを強いられている子ども達がいることを思えば、日本の状況はまだ恵まれているのだろう。働きながら、戦いながら、子どもたちはどんな遊びをしているのだろう。一日のうちのほんのわずかな時間でも、子どもたちが心身を解放して遊ぶことができますようにと祈らずにはいられない。

ハナちゃんのお母さん　2016.1

最近、七歳の息子に読書量で負けている。幼い頃から絵本が好きだったが、小学校一年生になってから、図書室で好きな本を借りてきては一日に何冊も読みふけっている。読み始めるとやめられなくなり、着替えながら・おやつを食べながら・宿題をしながら本を読んでいるので、すべてのことにとんでもなく時間がかかる。着替えてからゆっくり読むように勧めても「うんうん、わかってる」と生返事して、本の世界からなかなか帰ってこない。スクールカウンセラーでもある歌人の伊藤一彦さんに相談したら、「子どもがせっかく楽しんで本を読んでいるのに親がそれをやめさせてはいけません」と言われ、今のところ息子の好きなように読ませるようにしている。

考えてみると、執筆量でも息子に負けている。小学一年生の息子には「週末日記」という宿題があり、週末に一日分だけ日記を書いて月曜日に提出することになっている。最初のうちこそ考え考えやっと五〜六行の日記を書いていたのが、だんだん長くなり、最近は作文ノートに何ページも書くようになってしまった。学校でバザーがあった日は十五ページ、プロ野球チームのイベントで初めて野球をした日は十八ページ、親元を離れて自然学校の一泊キャンプに参加した時は、なんと二十三ページの日記を書いた。計算や漢字など他の宿題は後回しで、夢中で日記を書いている。まだ伊藤さんに相談していないけれど、きっとまた「親がやめさせてはいけません」と言われるだろうから、やはり息子の気が済むまで書かせるようにしている。

これまでは何となく、私が母親として息子に言葉を教えているという感覚があった。それが最近、特に小学校一年生になってからは、私の「管轄外」で日本語をどんどん吸収しているようだ。日記を読んでいると、「ドッジボールのだい一かいせんはまけてしまいました。でも、きをとりなおして二かいせんもがんばりました」などと書いてあり、「きをとりなおして」なんてどこで覚えたのか、それなりに正しい使い方をしていてびっくりする。

そんな七歳の息子には、同い年のハナちゃんという友達がいる。震災後に宮崎へ移住したこと、カトリック信者であることなどいくつかの共通点があり、家族ぐるみのおつきあいをしているお宅のお嬢さんである。

このたびハナちゃんが幼児洗礼を受けることが決まり、私が代母をつとめることになった。洗礼式に立ち会い、教会生活における母親としてハナちゃんの信仰を見守るという、カトリック教会の伝統的な役目である。私はいそいそと準備を始め、日曜学校でもこれまで以上にハナちゃんの面倒をみるようになった。それにつれて、息子の態度がみるみる悪くなってゆく。私とハナちゃんの会話をさえぎってしゃべりまくり、私の膝の上に座っているハナちゃんを突き飛ばす。「お母さんはハナちゃんの教会でのお母さんになるんだよ」と説明しても、ひとりっ子で母親を独占してきた息子には通じないのだろうか、単なる嫉妬にしては念が入っていると思いつつ、洗礼式まで一週間となった朝のこと。

ご飯を食べながら、お母さんは息子が真剣な面持ちで切りだした。

「……それでさ、お母さんはいつからハナちゃんの家に行くの？」

「えっ？」

「……お母さんがハナちゃんのお母さんになったら、僕とお父さんのご飯はどうすればいいのかなあ」

なんと、息子は私が家を出てハナちゃんのお母さんになり、もう帰ってこなくなると思い込んでいたらしい。いくら読み書きが達者でも、「教会でのお母さん」という比喩的な表現が意味するところをつかむのは、七歳の子どもにはまだまだ難しいことだったのだ。

一か月くらいの間、母親が他の家のお母さんになってしまうと本気で思いつめていたらしい息子の心中を思いやると、今でも少しせつない気持ちになる。

短歌 I

たがや

万緑になじみたる日本国憲法九条、九十九条を読む

季語として立てる憲法記念日の六十七年前のまぶしさ

春の部に鑑三忌ありて例句なし白藤垂るる夜をミサへ行く

桜餅食べて息子は葉桜も葉桜といふ言葉も知らず

「読み声《ごゑ》」といふ名の不思議の宿題として子は「いのち」といふ詩を読めり

戦争ののちを桜は咲きなほし徒労のごとく咲きなほし来つ

日直の息子の号令「リツヨー」といふ語を知らず辞書にも見えず

「超抜粋日本国憲法」を語る声沁みて風の音書店に聴けり

いくたびもポスター剝がれて貼り直し五度目に剝がされたりしと気づく

見えぬ手がポスターを剝がしゆく真昼　桜の幹をのぼるシロアリ

「日本国憲法」上映会当日晴れて不審者を警戒しつつ

海兵隊除隊後〈ベ平連〉となりしダグラス・ラミスの日本語重し

日本を語れるノーム・チョムスキーその静謐を映像に見つ

〈憲法カフェ〉宮崎初開催決まり茶髪の美人弁護士が来る

わたしたちみんなケーキを選ぶやうにみづから自由を選び取るべく

子の好きな演目「居酒屋」三代目金馬師匠の声色真似て

「ケツもちあげろ！とつくりのケツだ！」と叫びつつ子はぐい呑みで麦茶をすする

ＣＤのお囃子流れ青い羽織の歌春さんは登場したり

日向市生まれの歌春さんは宮崎をすこし誉めたり羽織を脱いで

「たがや」の「たが」の説明素直に聞きながら息子はククと笑ひもらせり

殿様へ石投げてたが屋を支持したる群衆は無関心ならざりき

それが錆びた刀であつても「斬れるものなら斬つてみやがれ」と言へるかわれは

絵本とは違ふ落ちにてあざやかに殿様の首中天へ飛ぶ

政治家のたがが外れてゐる国のレジスタンスとして聴けり「たがや」を

「たがやー」の「や」の音長くながくのびわれはたが屋のその後を思ふ

初めて見たる落語家に子は心酔し歌春さんを追ふ、トイレまで

子はなにやら歌春さんに話しかけなぜか大爆笑の歌春さん

シタールに「君が代」を弾くイギリス人青年の目は澄みて明るし

「自転車で一緒に生きます」と書きよこすきみの変換ミスをかなしむ

無関心であること憲法に守られて戦後七十年までは来つ

好きですか　この国が　ゆふべ日本語を撲殺してゆく日本語を聞く

駅裏の猫の集まる一角をよぎりつつ今朝は誰にも会はず

シスターの異動たしかめ紫陽花の修道院を立ち去るわれは

長崎に雨降りつづき公園のあまたの石碑を濡らすぞんぶんに

被爆マリアの虚ろとなりし両眼をゲルニカの聖母ふかく覗けり

原爆投下時刻　桜の木の下に汗にじませて人立てりけり

敗戦の夜の食事いかにととのへてゐたりけむ善麿の妻おもふ

『現代俳句キーワード辞典』「せ」の項の【聖書】のとなり【戦争】はあり

特急あづさの速度に弁当間に合はずみるみる甲府駅に着きたり

ポニー居て香港人居て富士見えず五合目にわれは絵葉書をかく

ジョンとヨーコも富士ビューホテルに富士を見ずと聞きつつ展望室へ昇りゆく

赤ワインのグラス触れ合ひたる刹那われは夏富士の姿思へり

月見草咲き萩こぼるる早朝の河口湖畔の小道を歩む

忍野八海ゆきし修験者のまなざしのつややかに葡萄売らるる真昼

一杯の水を求められ断りし心の濁り持ちたりわれも

富士信仰見えず忍野の湧水をかすか汚してわれは歩めり

道の辺のコスモスよりも蕎麦の花に心ひかれてゆくこの秋は

墓地の椅子に眠りたる間に木は伐られ秋の空深く広くなりたり

受洗日と帰天日をしるす墓石にて建てたる人の戒名もあり

近づけばコスモスは花粉こぼしつつどの花びらもかすか汚れて

都於郡《とのこほり》城趾暮れゆきしばらくは夕雲ながめゐるふりをせり

「おかあさん」を「おかめさん」と書いて減点の答案を子が持ち帰り来ぬ

夜のカフェにパフェを選びてしばらくを待てば山盛りの柿のパフェ来る

負傷兵士のリハビリとしてうまれたるピラティスをして腹筋痛む

そのかみのヨーゼフ・ヒューベルトゥス・ピラティス　従軍看護師の矜持ありけむ

〈ヨーゼフ〉が生国を拒みアメリカに渡りて〈ジョセフ〉となりし心は

喘息に苦しみながらピラティスを〈くはえ煙草〉で伝へし人よ

ヴィヴィアン・リーその身ピラティス・メソッドに引き締めにつつ精神を病む

“Your《ユア》 Health《ヘルス》”著ししジョセフ生涯をヘビースモーカーとして全うす

靴音は秒針のごと聖堂に響けりミサの始まるまでを

他人《ひと》の子を預かり抱けるミサの間を満目の秋ととのひゆかむ

きみのシャツ借りて自転車こぎゆけば雨後の橘通り明るし

悼・住正代さん四首

震災後「何がほしい」と電話口に訊ねくれし日の住さんの声

薬缶欲しと告げたるわれに絶句して「ほかにはないの」と朗らかに言ひき

宮崎へ薬缶と一緒に送りくれしフォションの紅茶の缶は残れる

葉書いっぱい書かれし青く大きな字いくたび来しやこの宮崎に

バスの床の日溜まりにうつらうつらして気配濃し白き盲導犬は

柱の陰の水槽に泳ぐ〈チョウザメ〉をしばし見たるのち県民室へ

シルル紀の珊瑚の化石や南極の石ありて宮崎県庁しづか

〈ほこりをもつてうたいましよう〉と記されて「君が代」立てり子の教科書に

イヤホンで落語聴くといふ愉しみを覚えて息子ひとり笑ひす

「あかるたへ、てるたへ」と声に出しながら祝詞のイタリア語訳は進む

われはまだ生まれずきみが日本を知らざりし頃の日本思へり

この国を好きにならなくともよしと秋天に富士そつけなく立つ

絶巓を思ふのみにて秋まひる地上のわれは自転車をこぐ

曇り日のデモにコールを続けつつわれの言葉とわれを消しゆく

「ハンタイ」と言ふとき彼岸花の蕊は曲線ゆるやかに天を指したり

聖書講座「ヨブ記」へ進む火曜日のあした木犀の香をよぎりつつ

アフリカより一時帰国のシスターの聖書朗読に秋は澄みゆく

その人の日本語がまづ好きになりときにほれぼれと聞く春の雨

うながされ罪を告白するときにわが日本語のまづしさは見ゆ

いくたびも「影響なし」と聞く春の命に関はる嘘はいけない
「生まれたいのちは生きられるだけ生きたい」（吉野せい「わたしは百姓女」）

「福島の人は居ませんか（福島でなければニュースにならない）」と言はる

虹ふたへにかかるこの世を生きながらつねに分断を強ひられてゐる

かじかなく沢辺にほたる追ひながら子はいくたびも視界から消ゆ

はつ夏の虹も蛍もはかなくてわれより先に子が見つけたり

宮崎にいつまで居るのと訊かれたりアガパンサスのむらさきしみる

夕暮の大淀川に草垂らし子は長く釣りの真似してゐたり

車窓よりデモを見くだす人あればみひらきてわれの視線を返す

柚子湯より早々にあがりたる息子　水鉄砲でわが目を狙ふ

ベアテ・シロタ・ゴードン死して旧仮名の憲法からうじて残りをり

しりとりの絵本にあればためらはず「げんしばくだん」と子が繰り返す

殺すことなかれ殺さるることなかれ影踏んでひとり遊ぶ息子よ

大淀川渡りゆくときわが内の湿地が川面を感じはじめる

四歳
福島より来たりて宮崎の土を指し「これさはってもいいの」と訊けり

福島で生きる母親に強さありその強さに国は凭れかかるな

私も子を連れていた。
福島へ明朝帰るお母さんが息子にカレーをよそひくれたり

福島へ戻る妊婦を讃へつつ言葉はわれをまつすぐに刺す

四階までのぼる息子が少しづつ階段を濡らしのぼりゆきたり

朝のうた歌はぬわが子はればれと歌はぬ自由に口を結んで

まだ信じないのかと言ふ声はして畑のバジル摘みにゆかむか

シリアの子殺されたれば白く小さき包みとなりて届く、私に

福島の子の我慢讃へらるる夏　流れるプールにわれは流され

バチカンは晴天　シリアを言ふときのPapa Francesco語気荒く言ふ

戦争はまだはじまらず子のために水筒の紐やや長くせり

冬の窓二枚をみがき緘黙の冬青空を仰ぎみるべし

ニット帽からはみ出せる両耳のかたち美しすぎる歳晩

サル山のサルが柚子湯につかる昼　日本人は原発を売ってます

寒夜このデモにまぎるる痩身の今も地上を歩むイエスは

街はくまなく電飾されて聖家族に居場所なかりし聖夜のごとし

蠟燭を傾けて火をあたへしやその夜その所作美しかりき

冬空をのぼりゆく鳥の飛翔感きてミサ中の眼閉ぢたり

ディートリッヒ・ボンヘッファー（一九〇六～一九四五）

国家ではなくキリストに従へとただキリストに従へときみは

一九三三年五月十日　ナチス・ドイツによる焚書

自らの本焼かるるを見にゆきてケストナーつくづくと見しやその火を

人間を焼く火、言葉を焼く火ありメンデルスゾーンの楽譜も燃えて

冬銀河重量もちてすみわたるこの夜のきみの祈りを知らず

武器といふ言葉覚えて遊ぶ子が突如崩せり積み木の基地を

しかとはかりかねたるひとの誘ひありて来てみれば桜のどけかりけり

菜の花のバター炒めを子は食べておなかあかるくなつたと言へり

散りはじめたる桜の木にのぼる人その幹を深く抱きてのぼれり

右傾化に唾吐きし人の歌声と聴きつつここは花冷えの街

桜のみ冴えてくぐもる人の声すでに銃後の街を歩めり

桜ともに見たかりし誰をしのびつつ四月みちのく花仰ぐひと

いくたびかわれの祈りを中断しわが名呼びたりし神の量感

原発を売り武器を売るこの国に所属してわが紫蘇を摘む朝

産めと言ひ殺せと言ひまた死ねと言ふ国家の声ありきまたあるごとし

聖フランシスコ・ザビエル日本語に苦しみて周防の夏の雲仰ぎけむ

聖櫃に西日さしミサのラテン語はイタリア語をへてまたラテン語へ

みどりごはあくびせりけり神がノアに見せたりし虹のごときあくびを

被災地とはここなのかわれは被災地に居るのか真闇にラジオ聴きつつ

今となりて思へばいつときの揺れなりきそののちの時間長く続けり

食べものを探してくると夫は出かけめんつゆの一本を買ひ戻りたり

子の好きな屈折放水塔車けふ絵本を飛び出し福島へゆく

たかぶりて子は手を振れり消防車救急車ばかりのサービスエリア

晩春の自主避難、疎開、移動、移住、言ひ換へながら真旅になりぬ

五月三日　八代

被災者といふ他者われに千円札いきなり握らする老女をり

なぜ避難したかと問はれ「子が大事」と答へてまた誰かを傷つけて

いたましきもののごとくに夫は言へどかはゆし息子の宮崎なまり

マグダラのマリア絵本の中にゐてつね俯くを子の指が撫づ

月にいちど夫は宮崎へ会ひに来てそのたび淡く出会ひなほせり

仙台をすぐに離れて戻らざる妻をかばひてきみ生きをらむ

雪降らばかなふ願ひと思ふとき大風呂敷を広げよ夫よ

母子避難を「語る」ことの難しさ

二〇一五年十一月二十八日　講演

今日は貴重な時間をさいて下さいまして、ありがとうございます。資料にも書きましたが、今日、お話しすることは、もともと今年の十月に熊本で開かれた、日本倫理学会のワークショップで発表したものです。

私は東京生まれですが、三十歳で結婚して宮城県へ行き、東日本大震災が起きた時は仙台市に住んでいました。その後避難して、今は宮崎県に住んでいます。短歌をつくっていまして、たまたま宮崎県の短歌の賞を頂いたこともあって、震災の体験を話してほしいという講演依頼が県内のいろいろなところからありました。例えば、小さな子どもを連れてどのように逃げたかを話して下さいと言われたり、短歌とからめて震災の体験を話して下さいと頼まれたりして、この四年間のあいだに様々な機会を与えてもらいました。大きな研究集会、講演会から、小学校の家庭教育学級、自治会の防災訓練の場など、いろいろありました。

でも、倫理学会で話してみて、私が避難するに至ったおおもとにある、子どもに対する放射能による健康被害については、なかなか人前で話せない部分があったと、あらためて思いました。これまで、不特定多数の人がたくさんいるなかで、食べものや土壌汚染について心配していることや、福島ではなくて仙台に住んでいたのに放射能が心配だとはなかなか言えなかった。熊本で、初めて自分が考えていたすべてをはっきり言い切ったという思いがあります。何でも話してくださいということで、倫理学会の先生方の前で、自分の思いを全部言えたと感じました。そのとき、すいれん舎の高橋さんが一緒にいて、聞いてくださったのです。

今日、『ジュニア版原子力年表』を作っていらっしゃる皆様の前で、ふさわしい話ができるかよくわからないのですが、震災の体験と、自分の作っている短歌についてからめてお話ししたいと思います。

まず、地震が発生したときの状況を簡単にお話しします。四年前の三月十一日、私は宮城県の仙台市に夫と当時二歳の息子と、三人で暮らしていました。

お配りした資料は、岩手県北上市にある現代詩歌文学館の常設展「未来からの声が聴こえる2011.3.11と詩歌」で展示されたものです。作品を直筆で寄せてくださいということでしたので、私はデザイナーの友だちに頼んで、震災後、車の運転ができない私が、電車やバスを乗り継いで宮崎まで行った経路を入れた日本地図を作ってもらい、一緒に展示しました。震災後一年頃だったのですが、私は自分の足跡を残しておきたいと思ったのだと思います。この経路をたどる間、自分がこれからどこでどのように暮らすのか、家族の生活がどうなるか、まったくわからず、先が見えませんでした。自分の人生が突然このような状況になるとは、思ってもいませんでした。仙台から宮崎へというこの歩みは、その後の自分の短歌作品に大きく影響していると思います。

震災のとき、私が住んでいた仙台市若林区は震度六弱でした。たまたま家族三人が一緒にいて、怪我もなく無事でした。新しいマンションの六階だったので、被害はそれほど大きくなく、本棚が倒れたり、物が全部落ちたり、壁にひびが入ったりした程度でした。マンションの貯水槽が壊れ、水は飲まないでください、飲んでもよいけれども責任はもてませんというような状況でした。

ライフラインがすべてストップして、電気がついたのが三日後、水道は六階ということもあって一週間近く出ませんでした。また、自宅の都市ガスが復旧したのは一ヵ月後でした。ラジオでニュースを聴いていて、福島第一原発で事故が起き、危険な状態だということはわかりました。そのうち、マスコミのニュースではなく、報道機関で働いている人たちの内部の情報がだんだん入ってきました。とくに電気が復旧して携帯のメールが入るようになると、東京のテレビ局に勤めている友人から、内部の情報として、福島の原発がニュースで言っているよりかなり危険な状況なので注意したほうがいいというメールもきました。でも、漠然と「注意したほうがいい」と言われても移動の手段もなく、何もできなかったので、不安や焦燥がつのるばかりでした。

私の夫は、地元紙の新聞記者でした。それで知ったのですが、夫の同僚で当時福島総局に勤務していた記者が上司の指示で福島の現場を離れ、家族と新潟に避難し、その後仙台に戻ってきていたのです。福島に残って取材を続ければ、被曝の危険があるという上司の判断があったのでしょう。それを知ったときにものすごくショックで、もしそうであるなら福島市内はみな避難して空っぽになっていなければならないのではないかと思いました。福島第一原発から半径二十キロ圏内には政府から避難の指示が出ていましたが、福島市内には出ていないのです。新聞記者が福島を離れ、住民は福島市内にいるということを考えたときに、テレビ局や新聞社の把握している情報と、実際にそれがニュースとして発表されている情報との間にズレがあるのではないかと思いはじめました。このまま仙台にいて大丈夫なのかと考えはじめたときに、すでに避難した人たちからの情報が入りはじめました。

一つは私の叔母からのものです。叔母は、福島第一原発から十キロ以内の双葉郡双葉町に住んでいました。その叔母は原発や被曝についての知識があったので、「体育館に集まってください」という町内放送を聞いて、行政の指示に不安を感じ、そんな悠長なことでは逃げ遅れるからと、近所の人と誘いあわせて車で横浜まで避難したのです。ひとりぐらしの彼女がかわいがっていたペットの犬も連れず、着のみ着のまま横浜まで逃げたという話を聞いたときに、ものすごく事態が切迫していることを感じました。

また、仙台在住の人が自費でバスをチャーターして、小さい子どもをどんどん関西方面に逃がしていることを知りました。状況がよくわからないけれども、原発で事故がおきているのが明らかであれば、子どもは少しでも離れたほうがよいということで、自分の子どもや知りあいだけでなく、多くの人にどんどん声をかけて、関西方面に逃がしているということをツイッターで知ったのです。このようなさまざまな情報から、私自身もすぐに息子を避難させたいと思うようになりました。ただ、私が住んでいたのは福島ではなく隣の県の仙台市だったので、そこまで心配して、すぐに仙台を離れる決断をした家族はごく少数だったと思います。特に、私が住んでいた仙台市若林区では、沿岸部の津波被害が甚大だったこともあり、目に見えない放射能を心配することはばかられるような感じもありました。

政府の指示は出ていないけれども避難しようと決めたのは、いまお話ししたような当時の情報があったのと、それまでに原発について知識を得る機会が多少あったからだと思います。仙台市に住む前、夫の仕事の関係で石巻にいました。石巻は仙台についで大きい宮城県の第二の都市です。当時私達は、女川原子力発電所から二十キロ以内の所に住んでいたのです。その時は、住んでいるだけで「原子力立地給付金」というお金が電力会社から振り込まれたり、原発に反対して駅前でたったひとりでハンストをしている男性の姿を見たりして、石巻では、原子力発電所を意識せざるをえなかったように思います。もし事故がおこったらどんな被害が予想されるのか調べてみたり、ＰＲセンターのお姉さんの案内で実際に原発の中を見学したりしました。原発事故後の今、改めて考えるとよく原発内部の見学に行けたなと思います。

当時、核兵器や原子力の歴史をテーマに百首の短歌を作るという目的もあり、関連する本や資料を読み、第五福竜丸事件などにも関心を持っていました。何でも知りたい、調べたいという気持ちでした。また、夫の取材の様子などから、電力会社は原子力発電所についての悪い情報をオープンにしない傾向があることもなんとなく感じていました。

さらに言えば、私自身は公害問題が大きかった京浜工業地帯の東京都大田区で生まれ育ちました。三歳のときから気管支ぜんそくの症状が出はじめ、ぜんそく患者として公害病の認定を受け、公害手帳を今でも持っています。生まれ育つ環境が子どもの健康に大きく影響することを、私自身が子どもの頃から身体で意識していたということも、私の気持ちを避難に向かわせたように思います。大気汚染もそうですが、今は目にすぐ見える健康被害がなくても、後々、子どもが苦しむということが出てくる可能性があるのではないかと感じました。でも、私は車の運転ができないので、叔母のようにすぐに自力で逃げるということができませんでした。駅も空港もめちゃくちゃで、公共交通機関が利用できない状況でした。新潟行きの高速バスに空席が出て、私が仙台を離れたのは、震災後八日目の三月十九日です。席がとれれば、もっと早く出発していたと思います。

ここまでお話しして何回か「避難」という言葉を使ったのですが、この自分の行動を「避難」と呼んでいいのか。今は多少整理して考えられるようになりましたが、当時は簡単にひと言で言うことが難しいと感じていました。宮崎に来るまで多くの人にお世話になりましたが、初対面の人に自分の状況をどう説明すればいいのか。自分の意志で「移動」しているけれども、「旅行」ではないし、これを「避難」と言っていいのか。震災直後、「避難」

という緊急性の高い言葉をあえて避け、「疎開」と言ってみた時期もありました。

新潟から東京に戻り、東海道新幹線で関西方面へ向かったのですが、そのときの新幹線の車両は、自分と同じようなお母さんと子どもでいっぱいで車両の中はまるで保育園みたいだったのです。聞いてみると、「避難」というほど大げさなものではないけれども、夫の実家が関西方面にあって、もうすぐ春休みだし早目にそこに行くと言う人や、なんとなく心配だから、旅行だと思って関西に行くとか、自分と同じような人がたくさんいるのだなと、関西へ向かう新幹線の中で感じました。そこにいたお母さんたちも、自分たちの行動を何と定義すればいいのか決めかねているのと同時に、「避難」と言ってしまうと、避難の必要を感じていない多くの人との軋轢を生むようで、どこか自粛するような雰囲気もあったように思います。

私自身も「疎開」と言っていた時期もあるのですが、「疎開」というのはどうも戦争中に田舎に逃げるようなイメージで、それとも違うと思ったりしました。「疎開」とか「避難」よりも色のない言葉として、単に「移動」と言っている人もいました。私は、去年から家族三人で宮崎に住んでいて住民票も移しましたので、今は「移住しました」と言っています。

晩春の自主避難、疎開、移動、移住、言い換へながら真旅になりぬ

震災の直後に作った作品です。「真旅」というのは万葉集に出てくる言葉で、「本当の旅」とか、本格的な長い旅という意味になります。万葉集には、防人として東国から九州に連れてこられた占部虫麻呂が、「ほんの短いあいだと思ったのに、真旅になってしまった」と詠んでいる防人歌があります。（旅とへど真旅になりぬ家の妹《も》が着せし衣に垢つきにかり〈四三八八〉）私自身も「避難」か、「疎開」か、いつまで「旅」を続けるのか、自分が何をしているかわからない思いを表現するのに私も「真旅」という言葉を使って詠みました。

今は、自己紹介のときに「震災後宮崎に移住しました」と言うことにしていますが、夫も宮崎へ来て、「親子三人で宮崎で暮らせてよかったですね」と言われると、私自身は「よかった」と完全に安心できているわけではないという思いがあります。隣の鹿児島県では原発の再稼働が始まっていて、これでは宮城県にいたときと同じ状況です。近くで原発が動いていて、もしまた事故が起きたら逃げなければならないのかなと思うと、まだ今も旅が続いているような気がします。そのような自分の状況を表現する言葉として、「真旅」という言葉を使いました。

タイトルを「避難を語ることの難しさ」としたのですが、自分のこのような体験と思いを人前でここまで率直に話すことは、今までほとんどありませんでした。私が住んでいた仙台市は、福島第一原発から百キロ前後の距離にあります。それを十分に離れているとみるか、もっと遠くに逃げるべきと考えるかは、人それぞれの判断です。地図に書かれた県境のラインで放射能がストップするわけではないのですが、仙台は福島県ではないということで、仙台から避難・移住した人は圧倒的に少数派であり、なかなか理解されないのではないかという不安があり、口にすることがためらわれるのです。

八日ぶりに髪も洗ひて湯につかり後ろめたさが深刻になる

これは長距離バスで新潟のホテルに着いて、震災後初めてお風呂に入ったときの歌です。ガスが一ヵ月復旧しなかったので、仙台の人たちは皆お風呂に入れず、私自身も子どもも八日間お風呂に入っていませんでした。新潟のホテルに着いて、息子とやっとお風呂に入ったのですが、そのときに全然ほっとできなかったのです。夫も仙台の人も皆温かいお風呂に入れないのに、自分たちだけ新潟でお風呂に入っていることに、後ろめたさしか感じなかったのを今でもはっきり憶えています。

新潟のビジネスホテルで息子と一緒にお風呂に入り、一週間ぶりに温かい食事をとったのですが、それもまったく美味しいと思えませんでした。夫をはじめ仙台にいる大部分の人が、寒いなかでお風呂にも入れず温かい料理も食べられない状態であることを考えると、新潟に着いてとりあえず事故のあった原発から離れたということではほっとしたのですが、お風呂に入ったり、温かいご飯を食べたりしても悲しい気持ちになるばかりだったことを憶えています。

私は、歌人として短歌やエッセイで自分が放射能汚染を心配して仙台を離れたことを公表してきました。そのことが、どうやら、仙台に住んでいる人を傷つけているかもしれないと感じることもありました。名ざしで私の行動を批判する文章をインターネット上で目にすることもありました。

そのように直接言葉で言われることはなくても、仙台を離れて帰らないという私の行動自体が、仙台に住み続けている友人たちにとっては、不可解だったかもしれません。でも、仙台に住む友人たちとは今も放射能の話題をさけ、話ができていないところがあります。私がどうして仙台に戻らないのか実際につきつめていくと、仙台に住むことにリスクを感じていることになる。それをはっきり口にすると、相手を傷つけてしまいそうで、なんとなく曖昧にしているような気がします。

私と同じ思いの人もいるかもしれませんが、食べ物や土壌の放射能汚染の心配を言葉にしてひとつひとつ確かめるのは難しいと、今でも思っています。

仙台をすぐに離れて戻らざる妻をかばひてきみ生きをらむ

夫は私と息子が仙台を離れた後、一人で仙台に三年間住んでいました。会社の上司や同僚に奥さんと息子さんは今どこにいるの？　いつ仙台に帰ってくるの？　と何度も聞かれながら、仙台に三年間住んでいたのだろうと思って作った歌です。それは地元の新聞社で仕事をして、一人で暮らしていた夫にとって辛いことだったのではないかと今でも思っています。

私の夫は、三年間離れて暮らしている間は、放射能汚染による健康被害を心配する私を理解してくれましたし、月に一回は宮崎に会いにきて、生活費も仕送りしてくれていました。三年後に夫は宮崎の新聞社に転職して、今は仙台にいたときと同じ仕事をさせてもらっています。このような点で、私は夫にも周りの人たちにも感謝しています。なかには夫や家族の理解が得られず、喧嘩になったり、離婚したりというケースも見てきました。ただそれでも、放射能汚染のリスク意識について、夫と私では完全に同じではありません。たとえば、夫は東北産の食べ物に愛着やなつかしさを感じていますが、私はまず放射能汚染の可能性が気になってしまいます。

私の両親も夫の両親も七十代で、私の両親は東京に、夫の両親は横浜に住んでいます。震災直後、「どうして九州まで行くのだ、東京で十分ではないか」と言われたのですが、震災直後は、私が住んでいた大田区でも水道水からセシウムが出ました。大田区では子どもに水を飲ませられないので、一歳までの子どもは、保健所で母子手帳を見せて、子どもにミネラルウォーターをもらうというふうになっていたそうです。私の母は、「もう二歳で、一歳ではないので東京の水を飲んでも大丈夫でしょう」と言うのです。しかし一歳まではダメで二歳になったから大丈夫という問題でもないのではないかと思って、私は震災後東京の実家には帰っていません。放射能汚染のリスクについて、自分の中にある基準をうまく説明できなくて、両親とこの問題について話すことはありません。私がいちばん深刻に考えている問題について、夫や両親とさえ対話することが難しい状況にあると思っています。

被災者といふ他者われに千円札いきなり握らする老女をり

これは避難の途中、熊本県の八代市で電車に乗った時、私と息子の様子から明らかに地元の人ではないと思ったらしく、地元のおばあさんが話しかけてきてくれたときの短歌です。そのときは屈託もなく正直に「震災後、原発事故後の放射能汚染が心配で、仙台を離れて子どもと二人で熊本まで来ました」と、初対面のおばあさんに話しました。そのおばあさんは、テレビで震災のことをよく見ていて知ってはいたけれども、「被災者」と接したのはおそらく初めてだったと思います。私たちが電車から降りるときに、「大変でしたね、これでお菓子でも買ってね、頑張ってね」と言って、千円札をくれたのです。そのことは今でも忘れられません。

目の前にいる被災者の親子に対して、そのおばあさんが咄嗟にできることをしてくれたのは本当に嬉しかったのですが、どこかでトンチンカンな感じもしていました。お金を渡されたことで、「あなたたちは被災者で私は被災者ではない」と、はっきり線が引かれた気がしたのです。

「被災者」という言葉も難しくて、私は、マンションが半壊の扱いになったということで罹災証明書をもらっていて、行政上では「被災者」という分類にあるのですが、その程度で「被災者」と言っていいのかと感じる人もいるでしょう。家族を亡くした方、家や仕事を無くした方、怪我をされた方がたくさんいます。私自身は震災後、放射能汚染を心配しながら、住む場所を変え、子どもの幼稚園も変え、私も仙台でしていたいくつかの仕事をやめました。そしていちばん大きかったのは、夫も転職して職場を変えたということです。ここまで生活上の大きな変化がなくても、東日本大震災がもたらしたさまざまな影響や、放射能汚染による健康被害の広がりを考えれば、日本中の人が、ある意味では被災者で、千円くれたおばあちゃんでさえ、ある意味では被災者ではないかと、私は思っています。宮崎で暮らしていると、よく「東日本大震災の体験を話してください」と言われるのですが、そういった場で放射能汚染への不安を率直に話してもよいのか、悩みます。

宮崎には、私と同じように震災後に移住をした家族の会があって、私はそこでスタッフをしていた時期がありました。その会には同じように母子避難した家族が多く、同じ立場で同じ境遇であるという共感もあって、子どものことや家族のこと、食べもののことなど、会ってすぐに本題に入って話すことができました。生きることや食べることが話題の中心でしたが、たとえば命を大事にし、食べることを大事にし、どういう環境に子どもを置くかを大事にすることは、震災前にはあまり考えていなかったし、自分でもよくわかっていなかったと思います。宮崎で、東北や関東地方から避難して来ていたお母さんたちと会ったことで、そのような問題について率直に話すことができました。そして、今まで自分は、子どもにとって本質的な命の問題を疎かにしてきたのではないかと思うこともありました。

いろいろな家族があって、最初は同じ立場、同じ境遇という感じでしたが、そのうちに、私の家のように父親も宮崎に来た家族もあれば、東北や関東と宮崎を行ったり来たりしている家族もあり、しばらく宮崎にいたけれども元にいたところに帰った家族もいて、ひとことで避難者とか被災者とくくれないようなケースを私はたくさん見てきたと思っています。

福島のお母さんについて詠んだ歌があります。

福島へ明朝帰るお母さんが息子にカレーをよそひくれたり

福島では子どもを屋外で思いきり遊ばせることが難しいので、そのような子どもたちを宮崎に呼んでキャンプをするという企画が毎年あります。私も料理を作ったり、一緒にみんなと遊んだり小さい子のお世話をしたり、お母さんと話をしたりというお手伝いをわずかですがしてきました。当初、主催者のあいだでは、宮崎に移住した私のような母親と、放射能を気にしながら今も福島で暮らしているお母さんを会わせるのはお互いに刺激が強すぎるのではないか、お母さんどうしを会わせないほうがよいのではないかという意見もあったと聞きました。

しかし、そんなことはありませんでした。福島から来たお母さんたちは、率直に何でも話してくれました。たとえば、近所の人に知られたらいろいろ言われるので目立たないようにペットボトルの水を取り寄せて子どもに飲ませているとか、周りでは放射能のことを気にしないで暮らしましょうという雰囲気があるので、保養をしたり野菜を取り寄せたりしていることは近所の人には言えないと、打ちあけてくれたお母さんがいました。それを聞いて、自分もそういうお母さんたちと同じ気持ちだと感じたのです。

逆に、私はそのようなことができなくて、宮崎まで来たのだと感じます。「宮崎まで行って、すごいね、行動力があるね」と言われることがありますが、残っているお母さんのほうが、私よりもずっと強いと思います。私は、むしろ福島のお母さんたちに励まされてきたと思っています。私が震災後に感じていたさまざまな不安や悩みを、お互いの立場を尊重しつつ丁寧に話すことができたのは、キャンプで宮崎に来て、また福島に戻っていくお母さんたちだったと思っています。

「福島の人は居ませんか（福島でなければニュースにならない）」と言はる

震災後、宮崎に避難・移住した家族は、被災三県といわれる岩手・宮城・福島だけではなく、北関東から中部地方の広い範囲から来ていました。ほとんどの家族が放射能汚染を気にしての避難・移住という事実もあり、宮崎でもそのようなイメージが定着していたのですが、マスコミの人が取材申込みをする時に「福島から来たのではないんですか」「福島から来た人を取材したいので紹介してください」と言われることがよくありました。また、地元宮崎の農家の方が、お米百キロを避難者の会にプレゼントしますと持ってきてくれたとき「福島のお母さんたちに」という手紙が添えられていましたが、私たちの会に福島の人は少なかったのです。

取材に来るテレビ局の人は、「福島の人はいないのですか、福島の人の話を聞きたいのだけれど……」と簡単に言うのです。津波で家を失ったから来たわけでもなく、家もちゃんとあってどんどん復興に向かっているのに、福島以外からもたくさんの人が避難してきているという状況がなかなかわかってもらえなかったと感じています。

ママチャリを漕ぐわれが映る　宮崎で健気に生きる被災者として

テレビ局の人にはすでに頭の中で作った「欲しいイメージ」があるようで、震災後、仙台から宮崎に来て元気にやっていますという様子を撮りたいように感じました。たとえば、私が息子を自転車で幼稚園に送迎しているところだとか、息子が仙台に住んでいるお父さんとスカイプで話しているところだとか、家族が公園で遊んでいるところを撮らせてくださいと言われ、テレビ局の人にそのような行動を指示されることもありました。できあがった映像を見ると、「宮崎で元気に頑張っているお母さんと子ども」という感じになります。

結局、母子避難をしているお母さんと子どもは、「健気で大変で、お父さんと離れていて可哀相だけれども頑張って生活している」というイメージに、私の方が合わせているようで、たびたび不愉快な思いもしました。震災後、四年も経つのになぜ戻らないのか、家が津波で流されたわけではないのになぜここまで来たのかという、根本的な問題はなかなか話題にならない。テレビによって非常に一面的なイメージが作られていると、私は感じています。そういうものが放送された結果、知人から電話がかかってきて、「あなた、なぜ宮崎で呑気に暮らしているの、ご主人は仙台で可哀相じゃない、早く帰ってあげたら」と言われたこともあります。宮崎に来てたくさんの取材を受けましたが、マスコミのイメージにふりまわされず、自分の生活や思っていることを伝えるのはなかなか難しいと思いました。

福島へ戻る妊婦を讃へつつ言葉はわれをまつすぐに刺す

震災後、歌人としての私に震災をテーマとした歌や文章の依頼がたくさんあり、機会をいただいたらなるべく断らないで書いてきたつもりですが、一方で私の行動や言葉に傷ついた人もいるのではないかと考えます。私自身も、新聞などで「一時的に避難しましたが、やはり故郷である福島に戻って出産します」というような新聞記事を読むとなぜか動揺し、自分が傷ついたような気持ちになってしまうのです。私の場合は短歌なので、避難・移住という行動そのものではなく作品に対する批判とわかっているつもりですが、それでも自作について批判されると、自分の生き方や避難してきたことについて批判されていると受け止めてしまいがちです。放射能汚染や母子避難の問題について、私と意識の異なる作品を、短歌作品として冷静に受け止めることがまだできず、その素材が生々しすぎて文学の話題として捉えることがいまだにできなかったりもします。

簡単ですが、自分の作品を手がかりにして、自分がいま考えている避難についての思いの話をさせていただきました。皆さんのお役に立つかどうかわからないのですが、質問がありましたら、引き続きおうかがいいたします。

質疑応答

質問（女）　避難の行き先は、どのようにして決めたのですか？

大口　震災直後は新潟行きのバスしかなかったので、とりあえず新潟に行きました。その後は、さらに西の方へ移りたいと思い、新潟から西に行くには、いったん東京に戻って新幹線に乗るのがよいと思って、京都へ、さらに長崎へ向かいました。行き先はすべて自分で決めて、自分の貯金を取り崩しながら、ビジネスホテルやウィークリー・マンションに泊まりました。ただ、関西や長崎には短歌の友人がいたし、私はカトリック信者で、教会に行けば必ず誰かが迎えてくれるという思いはありました。

質問（男）　素人の質問ですが、僕はあまり信心深くないのでわからないのですが、教会は、「助けてください」と言って、突然入っていっても何とかなるようなネットワークなのですか？

大口　私自身はそのような形で教会に助けを求めたことはありませんが、教会であれば信者未信者を問わず助けてくれると思います。全国にカトリック教会があり、どこに行っても同じ形のミサにあずかることができるということは、ある意味、自分の家がそこにあるようなもので、どこに行っても自分の精神的なよりどころがあるという意味で助けられました。

質問（男）　お話を聞いていて思い出したのですが、二〇一四年の夏に水俣に行って、ホテルで母子のご家族がご飯を食べている様子を何組か見ました。おそらく避難者なのだろうなと思いながら、そのときは声をかけませんでした。なぜ水俣まで来たのだろうと思ったのですが、声をかけるのは憚られてそのままでいました。

「被災者」という言葉は難しいと思うのです。私たちは、事故以前の基準のレベルにないところの人たちは、基本的に何かしらの被害を受けている人たちだと考えなければいけないと思っているのです。マスコミにはそういった観点があまりないですね。もう少しそのへんを広く捉えている人はいるのでしょうか？その広がりがどの程度なのかを知りたいのですが、ほぼ百パーセントの人が福島という枠でしか考えられないのでしょうか？

大口

宮崎にいると、福島は遠くて、福島のまわりの県が何県かということもピンときていないのではないかと思います。たまにしか話しませんが、福島以外の私のような人間が原発や放射能のことを口にすると、「自宅は福島じゃないんでしょ？」「もう終息して大丈夫なんでしょ？」とびっくりされます。実際に避難者の会で表立って活動していたのは、神奈川、東京、千葉などの首都圏から来た人たちで、福島の人は匿名のことも多かったと感じます。

短歌 Ⅱ

西行は花の下にて　われも樹下に心の髪はもう切ってある

戦争は『ノンちゃん雲に乗る』の本の最後の方に少し出てくる

ためらひて長くためらひてやうやくに熱線に融けし墻に触れ得たり

記されし祈りの言葉呟きて祈りに似たることをわがしつ

ケセン語訳聖書読まばやわが裡にたつたひとりのイエス立たしめ

雪のあさ窓いつぱいにまぶしさと静けさは満ちガラスは曇る

わがうちにわが子のたましひ在る真昼うどん茹でをりうなだれながら

産まぬ人の驕慢きらきらしきメールかつてわれもこの驕慢にゐき

悲しみのわが取り分に手を伸ばし子の取り分は残さむとせり

枇杷すするきみ父親とならむ日のつやつやとして近くありたり

大粒のほたるの雨、涙のごとし産まざれば見えぬサマリアの虹

予定日は桜桃忌にて霧深しわが子の晩年をなつかしむ

秋の朝わが子を庇ふやうに抱き言葉より多く乳こぼしたり

子のたましひいつの時代の馬市に遊びてゐるや舌出し笑まふ

旅支度まだ調はずわれと子と地上の秋をわけあふごとし

子よそんなに笑ふなよわれにだまされて絵本の犬に甘く鳴かれて

握り開きみづからの手にうつとりと見入るわが子に近寄りがたし

子に前歯二本生えそめ雪晴れのまぶしさに小さき口開きをり

「サモア島の歌」二番まで子に歌ひ夫は寝かしつけに失敗す

草原の聖母素足で来たまひてわが怒りより子を匿へり

紙袋に乳児捨てられし記事を読みその重さありありと抱きなほす

海近く眠りつつ海を怖れざる不遜を海はいましめもせず

ガザに死ぬ子のニュース聞き聞きたれど夕べ聞こえぬふりで葱切る

はるかなる冬のすばるに見透かされときに亀裂の走る母性よ

しんしんと夜の雪渓をゆくごとく目瞑りて子に母乳を与ふ

クレヨンで子がなぐりがきしたる海その青に溺れゆくこともなし

一六時一〇分宮崎発ANA五〇四便
あかねさす日向《ひうが》を発ちてみはるかす夕雲の上で授乳せりけり

子を産んで筆跡を知らぬ友ふえてそれもよし流しさうめんすする

朝顔の紺の高さに抱き上げてやれば蜘蛛の巣に手を伸ばしたり

教へむとして教へ得ざることあらむ抱き上げて子に見せてゐる雪

指さして「みづ」と言ふ子に「かは」といふ言葉教へてさびしくなりぬ

ただわれをまねて両手を合はする子その祈り深からむわれよりも

図書館のポストに詩集呑ませつつわが子も返却したき夕暮

産まざればできぬ虐待、遺棄、心中きらきらとわが手中にをさめ

幼子へ月にうさぎがゐることをまたゐないことをいかに話さむ

賜りし月の暈感忘れゆきいつかは歩く子をかなしめり

われよりも先に覚めたる子がわれに供ふるごとくコップを置けり

花束をもらふなら青　初夏の花舗にあふるる光の束を

あけがたのバスターミナルの曲線の一点で逢ふ約束をして

星座の星ひとつ足らざるものがたりとほく麦笛を聞きながら

夢の中われは山菜の天麩羅を揚げてゐたりき汗ぬぐひつつ

ひたかみ

鬼灯を喪服の人が提げてゆく後追ひたれど見失ひたり

八月の死者を引き受け八月の死者とならざりき原民喜

八月の数かぎりなき死者のため湿れる月のひんやり乾く

一時間ほどで済みたる鳥葬の完膚なきまで死をさらしをり

思ひ出は京都の夏の地蔵盆小さきゴム草履はいてゐき

深くすれ違ひしは君か濃紺の傘さし夢に名乗り合はずき

漕ぎ出づる櫂まだあるか夕暮に舟を浮かべて待つひとが居る

欄干を傘で叩いて雨後の橋わたりゆくなり君の家まで

朝顔の蔓切つて指に巻きながら君の悪口も嘘も言ふ

小刻みにチェロはその向きを変へられて奏者より深き恍惚にゐる

雨後の空ゆびさす指のまつすぐが不鮮明なる虹をたどれり

戦争の予感はありき少女期にわれを預くる樹木なかりき

月山の深きため息の重たさの濃霧となれり君を隠して

君を待ち夜明けを待ちてテレビニュースの空爆を待ちゐしわれか

自らの略歴を書き綴りつつまだ戦争に遭はざる不安

オムレツを作らむと卵つぎつぎに割りゆくことの朝の無残は

イスラムの朝の祈りはいかなりけむ早朝の空爆のさなかにて

今日ことに矢本自衛隊基地騒がし　春の鳥消してゆく訓練機

一日をニュース見をればバグダッドの夜は明け石巻《いしのまき》の暮れゆく

新年度学生名簿の「国籍」欄そのさまざまを確かめて寝る

君といふ河あるをわれはいぶかしみ橋の上より紐を垂らすも

常にわれは愚かに見上ぐ西方の君のたましひのプラネタリウム

貞心尼の一首こころに挿してゆく　路面電車の線路またいで

ひさびさに喉をビールでしめらせて話は二月の虐殺に及ぶ

配達先で倒れ自分で救急車呼びたる父の心臓思ふ

建築資材運び続けて髪白くなりたる父の足首ほそし

拉致されて日本語を教ふるこころとは　柳に風のかたちを見をり

死が父を辛くあきらめたることも春過ぎて笑ひ話となりぬ

五能線八森駅を過ぐるころ車窓を太く雨滴走れり

ここは森の行き止まりなりひらけゐて小さき焚き火の跡残りをり

初めて雨に濡れた日のやうにわたくしは心すなほに湧水を飲む

煙草吸ひ視線遠くへやるひとのいかなる花として水を欲る

絵の中の死者に見つめられゐし夜のしばらくを言葉から遠く居む

二〇〇五・八・八　二四時／八・九　〇時

ぬばたまの夜を犯せばしめやかに火傷ひろがる夜のからだ見ゆ

朝の樹木みつしと震はせたれか過ぐ街に大いなる影感じたり

そら豆をたつぷり茹でて捨つる湯の熱さにもわれは敏感になる

ふるさとをもう忘れたし死者の名はいちにんいちにん読み上げられて

毒のない方を選んでくださいとりんごの赤と黄が並べらる

歯型にて本人確認するといふ歯はさびしくてそを磨きをり

異国にて体を拘束さるるとはいかなる闇か　闇にゐて思ふ

刈られたる少女の髪の短さに差し入れらるる男の指は

王たりし君かゆふべの豊かなる森の眠りを眠り足りしか

一首所望さるることなき付き合ひのつゆのひぬまの朝顔の紺

旧石巻《いしのまき》ハリストス正教会に黒きイコンは祀られてあり

港町たどりゆく路地の行き止まりゴッホの向日葵が咲いてゐる

「ホヤももう終はりだなや」と呟きて今日のつきだしは牡蠣の酢の物

東京へ出てゆくわれは舌出してよだれを垂らす牛の貌して

無防備に愚直にひとを求めゐし頃の青麦あるいは夜風

ホームページ「優しく厳しい講師陣」その中にわれの写真もありぬ

「階段派」田中綾を思ひわれもまた階段を選ぶ夕べの駅に

同い年の女性がイラクで人質になりをりこの今をわれは午睡す

春のまひるを眠り続けて戦争は地を来るものか天ゆ降《くだ》るか

同居してゐても夫を探しをり夫は押し入れに我を発見す

雪原にそそぐ光よ家中の刃物を隠し夫出勤す

一日を降りやまざれば散薬のやうにもにがく清潔な雪

白鳥の飛来地をいくつ隠したる東北のやはらかき肉体は

幾たびも電話番号押し違ふ　この世は苦情と苦渋に満ちて

雪の日はただまぶしくて学生のひとりひとりがさびしく見ゆる

学生はペットボトルに水を入れをりをり飲めり授業の間に

〈二人のひとを愛してしまへり〉の上の句はなんだつたつけ　新雪を踏む

犬の名は廉です廉価のれんぢやなく清廉潔白の廉といひます

まだ君の日本語は自国の内戦を表現するに至らざりけり

とつぷりと暮れたる遊歩道をゆく　星見ざる小さき犬に引かれて

食べられてしまふ犬も仕事する犬もゐるんだよわが犬の腹を撫づ

ひたかみと唇《くち》ふるはせて呼べばまだ誰にも領されぬ大地見ゆ

そのかみのひたかみをきたかみに変へて歳月は雪をまとひてしづか

北上川河口に暮らしゐる日々のをりをり犬に川見せてやる

取材先で覚えたる合気道の技を試せどわれに勝てぬ夫よ

シーサイドマラソンのポスター貼られゐる街に住みをり稀に走れり

記者として初めて水死体を見たる夫の声を電話に聞けり

夜ごと君は先に眠れり眠剤の真っ白を飲みてあとを追ふなり

日没ののち包丁を研ぎはじめ研ぎつづけ死に近くわれを置くなり

呼び鈴を押しても誰も出ないとき犬小屋の中に鍵があります

存在を忘られし魚落ちてをり石巻魚市場午前五時

呼べど呼べど呼び足りなき名呼ぶときの喉はカモメのさびしさを知る

雪は街を選び降りたり恩寵として雪を吸ふ北上川は

一夜かけて港町覆ひゆく雪のまぶた閉ぢればまぶたに積もる

「どの夜もひとりぼつち」と告げて泣く夜更けのわれを夫持て余す

晴天に粉雪ふぶくまぶしさの不思議に立ちて空を仰げり

白秋の林檎、賢治の苹果《リンゴ》思ひわれはわれのりんごを齧りをり

生ハムの薄きに隠し小さき鳥三羽遊ばす織部の小皿

白梅の切迫思ふ　真昼間の墓地に夫の祖母の手をひき

何梅《ヘーメイ》といふ名の学生をりしかど梅咲く前に来ずなりにけり

瞬きのやや速く美しくなれりひとが願ひを口にするとき

わが一生《ひとよ》いつどこで鬼と逢へるらむその日のために化粧を濃くす

萬斎が花緑笑はす早春の能舞台よく日本語を吸ふ

大いなる永遠の遅刻思ひつつわが遅刻確定のバスに乗る

王たりし日々の記憶の金色に身は浸すべし心殺すべし

春月を映す湖面をえい、やあと打つ一本の櫂のありけり

sweetheart 持つも持たざるもさびしきこと夕暮れ人は犬を羨む

わたくしの大切の籠は小さくて春の野草の名前のみ摘む

人の死を伝ふる声のさまざまを再生したき春の体は

海見ゆる側の座席を選べどもつねに目閉ぢてやりすごす海

ひとりの夜なんまいも重ねたんねんに重ねみちのくに埋もれゆかむ

中年の体はもうひとに預けまい夕山桜濃き影を曳く

ふたりくらせばよけいさみしいみちのくのゆきふるみなとまちのよふけは

東北

せつなさをのぼりつめたる夜に聞く「鉄条網を切れ」と言ふ声

ひらかるる君の記憶の視野をゆく戦車の音をわれも聞きしや

ゆくりなくわれは他人の悲しみに手首をふかく差し入れてゐつ

銀漢に濡らすくるぶし引き上げて目覚めたりけり今朝のたふとさ

サーカスの火の輪が見たし君は君の眠りにわれを持ち込まざりき

子犬にははじめての雪　積もりたる白さに顔をつけ確かめて

くづれやすき心をさらしさらし疲れいつか東京で死ぬといふこと

つゆくさを踏む苦しさの夏の朝ことばをこぼすたびにし軋む

すさまじく秋風秋雨　君に我は殺すに値せぬ一人《いちにん》か

点滴に繋がるる間を誰もたれも自らの葉擦れ聴くやうにゐる

ベッドから紺のしつぽを垂れてゐる人の名が声高く呼ばれたり

しろき骨まぶしくをさめたる写真見つつ思へりまぶしかる死を

頑なにわれを容れざる蔭をなす昼間の君と黄昏に思ふ

箇条書きで述ぶる心よ書き出しの一行はほそく初雪のこと

夕雲の質感があるくるみパンちぎつて食べて逢ひにゆくなり

遠き太鼓の音聴くやうに人と居て人の話をまつたく聞かず

心飢ゑて牛の首筋撫づるとき牛は牧舎の壁を見てをり

わが汗の混じる牧草を牛にやり我は冷たき牛乳を飲む

蔓草が杉を締め上げ殺し切るまでの力で思ひつめよと

椎茸のほだ木を濡らしゆく雨に我も濡れつつほだ木を運ぶ

鶫鳴けば空を見上げて　農家の嫁に欲しいと言はるるほど働かず

いつか犬のおかあさんになるといふ夢が我にあり犬に言葉かけつつ

日本語は、山之口貘の日本語は鈍く撓へる竹の抑揚

人生に付箋をはさむやうに逢ひまた次に逢ふまでの草の葉

死を言へば死の側に居ぬ我々の声まのびしてあかるむばかり

われは長く君を忘れて生きたりと思ひしが言はず飲む黒ビール

青踏んではつかやさしきいちにんの声の大切を持ち帰り得ず

海水に触るることなく島に着きともかくも我は眼鏡をはづす

小遣ひをためて聖書を買ひし日の十歳のわが筆跡のこる

妻の名を花に与へて日本語の波間にあをくシーボルト居き

ざつくばらんざつくばらんと葱きざみ手づかみに詩を見せたまふなり

雨かぶる欅の幹のひた濡れのこころの芯を告げむと待てり

肌脱ぎの樹木の力　今朝われは総雨量もてひと憎みをり

言ひ得しやどこか壊れてゐるやうなみづの器の紫陽花に雨

まつすぐに花火が上がりひらくまで君を思へりはかなきことを

花火師になつて火薬を選ぶなどする心中を思ひつつ寝る

国家より名を呼ばれ帰国する明日か徴兵さるる心境を述ぶ

電子辞書にたまゆら呼び出し学生が書き写すまで蛍灯りゐし

授業批判するアンケート途中より北京語となり裏面へ続く

待ち合はせすれば書店は明るくて君の気配もしんと消されぬ

夜の君は豊かにをらむ　かたはらにわれを置かず紺の楽曲に満ち

独り来て一人殺せり人生を持ち寄るごときジャズ・スポットに

わたくしの細部に言及する人よ若草の女ならねば泣かず

幾重にも傷つけられし小さきこころ野鳩は持つやそを鳴きゐるや

東北の雪を踏むべき指先のつめ丹念に切り揃へたり

ビクトル・ハラを聴きつつ人を思ひつつ路面凍結の高速をゆく

君は今朝ニコンのカメラ提げてきて我を引き受くる素振りも見せず

樹はいかに樹であることを保ちきてわが語彙を奪ふがに立ち居るか

明日君に返事しにゆくため我は豚スエードのブーツを買へり

降りはじめたる雪を見上げ言ふ声を鉱物のあをとわれは聴きをり

言はざらむ心を恃み肩の雪はらひやるときあらたまるなり

わが知らぬ死者の事など言ひゐしが人はもう白き寝顔となれり

一週間ひとと暮らしてまだ旅のはじまりのやうな朝の歯みがき

みどりにはみどり重ねて五月尽つねに勝者としてわれは居き

学生が黙すときわれは緑陰の手つかずの冷えと湿りを思ふ

昨夜《ゆふべ》からやぶれてばかり酒飲んで夫のかたはらに座礁せり

夏きざすやうに勇気はきざすのか飲酒ののちの蕎麦のつめたさ

山芋をきざみゐるわれの大雑把　夫は醤油を買ひにゆきたり

ジャスミン茶飲みつつ聞けりさはやかに一般論で妻を語る声

揚げ茄子に生姜おろして結婚後夫の肝機能低下せり

冷蔵庫にホヤをしまへりノートにはきいんと冷えた一首ありけり

石段をのぼりつめたる夕暮やわれは芭蕉の汗を思へり

足跡も言葉も波に消さるればこころに海を満たして帰る

巻八の秋相聞へゆくまへに〈乏《とも》し妻〉とふ語に出遭ひけり

茄子蒸して蒸し器の底なるみづの色しばし見惚れてのち流したり

言はで思ふといふ火の暗さ首筋をしんと怒りのみづが昇り来

テンペラに描きこまれたる水はわが一生《ひとよ》見ざらむ洗礼のみづ

捨つべしとある日は思ふ　われが見捨てられるかもしれない東北を

八月の渇きいつから確実に夜中にだれかみづ飲みにくる

先輩が「ビールは水だ」と叫びゐし学生時代の酒量は怖し

魯迅には藤野先生居し頃のまがふかたなき欅のあくび

さかな食ふ人をさみしと見てゐしがもの食ふときは我もうつむく

いつの世の戦争をくぐりたる樹木　匿名の死をつねに見おろす

真夏汗して人を抱き敷き立秋の向かうに燃ゆる都市の名を呼ぶ

テーブルに置かれ銃座の穴のやう君死なばこの眼鏡が残る

死後われを失ふ人よ払暁を浅く短く呼吸《いき》して眠る

朝露のひとつぶの問ひにんげんのいのち庇はれたることのなし

年ごとのまたたきのごと立秋をはさみ二つの街の忌日は

君を都市の名前で呼べば痩せて痩せて平凡な死を死ぬ朝の表情《かほ》

燃え上がりそののち微熱続きゐむ都市をぬばたまの黒雨包めり

空席は彼の世にありてにんげんをにんげんとして死なしめざりき

蒼天に雲走りをり夏暁《なつあけ》は死ののちも鳥の声が聞きたし

風鈴の記憶の在り処《ど》殺されてずたずたの怒りわれは引き摺る

水飲んで再び眠る真夜中を誰か隣で暑がつてゐる

人体は燃やされてあり忘るとふ不穏つば広帽子のなかに

いつか光が熱帯びながら我に来る、我に蓋《ふた》しにくる朝の淵

砂浜を這ひ広がれるひるがほを黒き水着の少女は摘めり

波の楽ひと生《よ》聴きつづけ大曲浜に死にゆくはまひるがほや

わが夏とヒロシマの夏を辛うじて綴ぢ合はすがに蟬が鳴くなり

切りわけて果実の断面嗅ぐときのわれはヒロシマのどこに居るのか

打ちあげられ打ちあげられて海岸によこたはる我か点滴終へて

心病むは雪に近づくことならむ入院計画書余白の多し

念入りにみづからを散り直しゐるさくらさへづりに急かされて

さくらさくら我の嫌ひな日本語は「美しい日本語」といふ言葉

湯たんぽを毎晩つくりくるる夫　鳥類の家族のやうにしづかに

ゆふべから降り続きたるこの雪は人を泣かしし記憶にも降る

狭量のわれをしづかに脱ぎしときふたたびをわれは過《あやま》てりけり

獰猛な妻として居る六畳間書棚には歌集積むだけ積んで

いただきしイカ二十ぱいひといきにさばきつづけて笑ふ指先

踏切の音かんかんと性愛はいまだ聞かざる夜汽車のひびき

唐突に眼鏡はづして我を見る君は樹木の視座を持つ人

薪割りの斧ふりおろす一瞬の銀河の洞《ふか》さたれにか告げむ

甘えたき気持ち悟られまいとしてイルカのやうな明るさを見す

恋歌と肉体《からだ》ずれゆく窓の外しゃんぐしゃんぐと楽隊が過ぐ

つつまれて線香花火の先にある火薬の量を思ひつつ行く

足先よりつぼみ開きゆく朝顔のなほ背伸びして花咲き継げり

ベルトより鋸鉈《のこなた》を下げてゐる我は間伐すべき木に選ばれむ

献血はさびしきものか献血の手帳にさびしき日付を溜めつ

韓国人日本語教師二十名に臨時職員としてわれは向き合ふ

言葉奪ひし事実簡潔に含みゐる〈日本語教育史〉の今世紀

制服のチマ・チョゴリどつとひしめける駅にて更衣と気付けり

房総へ花摘みにゆきそののちにつきとばさるるやうに別れき

鈍き刃のやうに通ひき朝ごとにぐんぐん冷ゆる木々の間を

指先も頬も冷たしと言はれつつ冬の梢のするどさを見き

けざやかに助詞を溜めゐる口髭になぞらるるものなべてまばゆし

思ふまま風に撓ひてやはらかくみどり重ぬる朝のよろこび

日本人教師団六名その前に蓋付き湯飲み茶碗が六つ

開学式学生代表挨拶に毛沢東は二度登場す

起立して中国国歌を聞きをれば剝かれゆく蜜柑のごとき我かも

予備学校運動会、「手榴弾投げ」という種目に出場

ロシア製手榴弾青空に投げてみじかき春の飛距離を測る

南湖公園まで学校から歩いて三十分

南湖の量、否、海の量の酒を飲み語らむと逢ふ夕暮はよし

秋吉敏子もこの地で生まれた

「ロング・イエロー・ロード」を聴けばはろばろと野火が旅してゆく大地見ゆ

答へられぬ学生に深く立ち入ればば星選ぶやうに助詞選びをり

学生は声を揃へて発音す教へざる部分ばかりが灯る

通訳の後に笑はむわれを待ち笑ひこらへて暫しは見ゐき

給与とて百元札二十枚を掌に〈大世界〉へと飲みにゆくなり

逆さまの鳥降り続く夢さめて素手に素足に杉の葉の冴え

しののめを裂きゆく豆腐売りの声　朝はみるみる言葉に汚る

昨夜《きぞ》われが緩く渡しし文型で台湾問題を君は語れり

少数民族差別されゐる教室と知らず教壇の上から見ゐき

日本へ行けばさらに差別をされるかと朝鮮族の学生問ひ来

この国を出でたき思ひを言ふときも助詞の正誤をわれに問ひつつ

鳥よりも鳥の名前が好きだから滴るひかり喉に溜めをり

川底の悟浄は文字に苦しみてああその先は言はずともよし

南洋へ〈国語〉を音なく運ぶ船青み咳き込む中島敦

駅頭に泳ぎつかざるわれを待ち人はややくすみ帯び初めにけり

たてがみにまづ触れむとす褒められたし褒められたしとさもしきわれは

花嫁の父日本より来て今宵ウイグルの帽子ななめにかぶる

帰国後は仏教系学園に非常勤講師として勤務する

我もただ一人を信じたかりしをひめゆり学徒の年齢も過ぐ

学園の仏像の背後やはらかく灯されてうつくしき菓子とみづ

形容詞過去教へむとルーシーに「さびしかつた」と二度言はせたり

日本語会話中級クラスの八人に「惚れた弱み」といふ語教へつ

泣きながら鮨喰ふ顔を見られをり心尽くして庇はれまいぞ

讃美歌の前奏部分のオルガンのほそく流れてゆく胸の河

ためらひて雪を汚しつ薄つぺらなわれにもなまはげが来ればいいのに

走りつつすべての樹木に触れてゆく西島洋介山の生真面目

ドイツ人トーマス来たりて正座する東京残月会茶会席

恋人はひろすけ童話の猿のごとくやさしかりけり日暮の街に

イリーナの日本語と朴《パク》の日本語が交差しながら光り合ふ午後

みどりなす春の音読　学生は「牛乳」をまた「ギュウニク」と読む

入学金現金払ひのさまを見つ長く知らざりけりその額を

朝鮮半島より来てキリシタン禁制の令にふれたという

おたあ・じゅりあ日本語で名前呼ばれしは風つよき島のいかなる心

螢ゆきかふごとき街辻あかの他人あをの他人のすぎゆきにけり

鼻先をガラスに強く押し当てて窓越しに淡き戦争を見る

かつてわれら声高に基地を語りゐき知花昌一黙し聞きゐき

炎天を汗ぬぐひつつ来てみればすでに供花のあふれてゐたり

歳時記の冬の部を泳ぐ鯨たちおほかたは銛で狙はれながら

ごめんなさいと言つてしまへりしりとりで君がりんごと言ひたるのちに

木は水をわれは言葉を溜めて立つ　鳥の気配に呼気乱されて

光彩は路地を満たしぬ惨殺の惨の程度をしばし思へり

目閉づれば闇の濃淡苦しくて竹伐る音に冴えゆく裸身

平凡な、きはめて平凡なわたくしに秘色青磁の朝は響けり

薬品の噴霧吸ひ込みたる肺の冬の果実のごとき一対

亡命の家族降り立ち力なく手を振りゐたり世界にわれに

言葉濃く語られてゆく浄瑠璃の強靭にしてつれなかりけり

わたくしのまばゆきまでの失速をどうかあなたは思はずにゐよ

トーマスの灰色の眼に映りゐむ日本の春の梅と梅干

あざやかに一羽発ちたり何故われはかつて易々と火を渡りたる

空色のペン持ち直してセネガルのフィフィが初めて漢字を書けり

「ンだなあ」と我のこころに添うてくる人の心の東北なまり

君に写真撮られゐるとき頭には雪載せてゐるごとくすまして

大空のうらをかへせば戦争の針びつしりと刺されるゆふべ

自らの日本語を深くあやしみてややねぢれたる授業を終へつ

腰細の蜾蠃《すがる》少女《をとめ》のベロニカが赤飯に醤油かけてぞ食へる

サル園のサルはその身をひるがへし心おきなく高所に遊ぶ

ひた伸ぶる枝の緑を打ち消して打ち消して今朝の思ひは尖る

日没の後の冷気を吸ひながら銀杏の末《うれ》の官能の黄

やめてゆく学生の前で鳥のごとく我は日本語を啄み泣けり

書きやりし〈愛〉といふ文字ことごとく簡体字に直され戻りきぬ

酒飲んで点れる君か花火の火しづかにもらふやうに言葉も

螢とつてあげたかりしをきみはゆふべ草深くひとり溺れゆきけり

白鳥は群れて覚めをりその気配いだきていまだ川眠りをり

冬鳥は見下ろし我ら見上げゐる山稜に沁みて雪残りをり

全身を大空深く献じゆく飛行官能の尾を曳きながら

心の緒とぎれとぎれに語りくるる合間にしやんと鈴を鳴らせり

つねに我は恐れつつ聞きそして見る群青の声を織き背中を

このゆふべエスペランチストの君と逢ひ潮満ちて聴く民族のこと

みづからを焚く火のごとしささやかな生計《たつき》となしてわが日本語は

名を呼ばれ「はい」と答ふる学生のそれぞれの母語の梢が匂ふ

みづからの名前漢字で書きたしと筆ペンを持ちペーテル来る《きた》

〈馬〉といふ漢字を習ひみづからの馬に与ふるよんほんの脚

日本語の日記見せにくる学生の助詞の欠落のみ補ひつ

日本語も進出なしき飛び魚がひかり投げかけゆく海を越え

炎昼に母語は汗して立つものを樹皮剝ぐごとき剝奪思ふ

朝の雨そそぐ渚を走るとき我の日本語こそ砂まじり

わが馬は初夏へ走りゆき日本語を捨てて詩を書く充実にゐる

簡潔で荒々しくて率直なナショナリズムの夕立が来る

つらぬきて沢流るると思ふまで重ねたる胸に螢をつぶす

つじつまの合はぬわたしは夜更けまで耳にも鼻にも螢をつめて

半身を花舗に差し入れほんたうは螢に生まれたかつたいもうと

息子の水、私の水

一番好きな飲み物は？　と聞かれたら、迷いつつ「ビール」と答える。即答を避けるのは、久しく飲んでいないから。妊娠がわかってすぐ飲酒を控え、無事に子どもを産んでからも母乳のために麦茶一辺倒で、ビールの味をほぼ忘れている。

即答をためらうもう一つの理由は「母だから」。先日、子連れでカフェに行ったら、メニューには「コーヒー、紅茶、ビール」とあるのに、注文のときは「コーヒーにしますか、紅茶にしますか」とさりげなく二者択一になっていた。気が弱いので「いいえ、ビールを」とは言えず、「じゃあ、紅茶を」としおらしく言ってしまった。

もとは同じ原料の飲み物なのに、麦茶とビールの距離はなんと隔たってしまったことか。親子で麦茶は当たり前、子連れでビールは、母だけ飲んでいても何だか気が引ける。どこからか誰か見ていて「母親のくせに！」と、いちゃもんをつけてきそうなのだ。

麦茶の日々は2年近く続き、息子は1歳3カ月になった。半日くらいはおっぱいなしで過ごせるようになり、小児科の先生からも「1杯くらい全く問題なし」と太鼓判を押されたある日、仙台オクトーバーフェストに出かけた。本場ドイツのミュンヘンでは二〇〇年近くの歴史を持つ由緒あるビール祭りが、仙台錦町公園でも同時開催されているのだ。

ベビーカーの息子には麦茶を与えつつ、特製のごついジョッキでドイツビールをぐびりぐびりといただく。青空の下、長らく忘れていた苦み、コク、炭酸の刺激にくらくらしながら、心身ともに「母」ではない妊娠前の自分にかえってゆくような、不思議な感覚に襲われた。

毎日休むことなくビールを飲んでいたら、この爽快感を味わうことはなかっただろう。今度尋ねられたときに確信をもって「ビール」と言えたとしたら、それは息子のおかげかもしれない。秋晴れの公園に響くドイツ語の「乾杯の歌」を聞きながら、まだ歩かない息子の素足にそっと靴下をはかせた。

旅支度まだ調《ととの》はずわれと子と地上の秋をわけあふごとし

息子の最初の言葉は「ワンワン」、1歳のころだった。はじめは犬を見ても猫を見ても「ワンワン」、母親を指さしても「ワンワン」だったのが、1歳2カ月くらいで「犬」という概念が理解できるようになった。それ以来、彼の「犬認識力」の発達はめざましい。散歩中は私より早く犬を見つけ、得意げに「ワンワン！」と叫ぶ。それが柴犬でもコリーでも、初めて見るブルドッグでも、判断に迷うことがない。外国産の雑種でどう見てもクマにしか見えない大型犬が近所にいるのだが、ちゃんと「ワンワン」に分類していた。この世に生まれてきてから1年ちょっとで、誰が教えたわけでもないのに、どうやって見分けているのか。今は、猫に出合っても決して「ワンワン」とは言わないのである。

実物だけでなく、新聞などの小さい写真やカレンダーの絵も見逃さない。先日、スーパーのレジで息子が「ワンワン」と口にするので、「ワンワンいないでしょ」と言ったが、息子の視線の先には共済加入を勧めるポスターがあり、「ワンダフル」という文字とともにデフォルメされた犬の顔が描かれていた。さらに、買った食材をマイバッグにつめていたらまた息子が「ワンワン！」と叫んだので、あわてて周囲を見回すと、ガラスの向こうに紐でつながれたマルチーズがちょこんと座り、買い物中の飼い主を待っているのが見えて驚いた。

風邪で小児科を受診した際は、殺風景な中待合室で「ワンワン」とつぶやいたので、高熱に浮かされて幻でも見たかと思ったが、息子が指さした置き時計の文字盤には小さいスヌーピーがいるではないか。息子にとって、「ワンワン」を見つけることはこの上ない喜びであり、日々の大切なつとめであるらしい。

この卓越した「犬認識力」を、何かに応用することはできないだろうか。例えば、暗殺の密命を受けた眼光鋭い犬が、誰にも気づかれないように某国大統領にじわじわと迫り寄る。目ざとく見つけた息子が「ワンワン！」と叫び、大統領は一命をとりとめ、歴史が変わるとか。

母の妄想である。

現《うつつ》へとのめりゆく子よ迷ひつつ名づけし日さへすでに遥けし

ヒトの子はふつう何カ月くらいで歩けるようになるのか、自分が子どもを持つまで知らなかった。母子手帳のグラフを見ると1歳で半数の子が「ひとり歩き」をし、1歳3カ月では約9割の子ができるようになるらしい。うちの息子は現在1歳6カ月、まだ歩けない。バリバリの少数派である。1歳6カ月健診の会場で堂々とハイハイしていたのは、うちの子一人だけだった。おすわりやつかまり立ちができるようになったのも、一般的な基準よりかなり遅かった。

かかりつけの小児科医に「特に病気ではないと思うけれど、専門の施設で体を動かす練習をしてみたらいいのでは」と勧められ、仙台郊外にある病院に月一度通い始めてから、もう半年以上になる。病気や障碍を持つ子どものための専門施設なので、今まで通院していた小児科とは雰囲気がだいぶ違う。車いすや特殊な装具をつけた子は珍しくないし、急に大きな声を出すような子もいて、最初のころは変に緊張したりどぎまぎしたりした。でももう慣れた。

忘れられない光景がある。息子の診察を終えて帰ろうとしていた夕方、先に玄関を出ていく少年の後ろ姿が見えた。その病院ではたいていの子どもに母親が付き添っているのだが、その子は一人で歩いていた。両足にスキーの板のような長い装具をつけ、一歩一歩はかなりゆっくりなのだが、建物の外に向かって着実に進んでゆく。逆光の中にだんだん遠くなる背中を見送りながら、何だか胸が熱くなった。少年のぎこちない身のこなしが、ただまぶしくいとおしい。病院という気持ちがふさぎがちな場所にいることも忘れ、その姿に見とれてしまった。装具なしには歩けない弱者であるはずの少年は、大きな力をもって私を励ましてくれた。顔も見ていない少年から、何かとてつもなく豊かなものを受け取ったように今でも感じるのだ。

普段私はほとんど意識することなく歩いているが、歩くということ、歩けるということは実はすごいことだ。

そしてもう一つ。歩くこと歩けることは素晴らしい。でも、人生の目的はそれだけではない。

まだ歩かぬわが子味はひ尽くすべく畳の上に転がしておく

高校時代は剣道部、大学時代は育林サークルという、ノーメークが当たり前の青春を過ごしてきた。そのせいか、今でもお化粧にあまり興味がない。化粧にさほどお金や時間を使うことなく生きている（少しは使っています、念のため）。

40歳手前で出産、授乳中は化粧どころか髪を振り乱して育児に専念していたが、気がつけば、まわりはひとまわり以上若くてきれいなママ友ばかり。私自身は必要を感じないが、あと3～4年もして愛する息子に「○○君のお母さんはきれいなのに、どうしてうちのお母さんは……」などと言われたら、そのショックはいかばかりか。意を決して、子連れOKのメークレッスンに参加することに。予約時から「あの、今まであまりお化粧したことないんですが、持ち物は?」と、苦手意識丸出しだったが、「大丈夫ですよ、当社の製品がありますし、手ぶらで気楽にいらしてください」と言われ、息子を連れてうきうきと出かけた。

当日は私のような薄化粧のママばかりかと思いきや、定員6名のうち5名がばっちりとお化粧して現れた。メークの先生がにこやかに「まず今のお化粧を落としましょう」と言い、メーク落としをコットンに含ませるところから始まった。念入りに落とすほど立派な化粧をしたことのない私は、最初から戸惑う。

目の前には、さまざまな化粧道具や化粧品が並び、極度に緊張する。メークの先生の話は、私の理解をこえていく。周囲の動きをカンニングする学生のように盗み見て、ベースメークまではなんとか頑張った。が、アイメークに至り、ついていけなくなる。

「眉山《まゆ》は、黒目の外側と目尻から真上に上がった縦線の間に。眉頭は小鼻の脇から目頭の縦線の上に……」。まるで数学の図形問題ではないか。あわてて周囲を見ると、みな鏡に向かって生き生きとペンシルを動かし、熱心に眉を描いている。思い余って「すみません、わからないんですが」と訴えると、先生は言いにくそうに「お客さまの場合、まず眉毛をカットして整えないと……」

完全に落ちこぼれた私は、ぬれてもいない息子のおむつを替え、うつむいて「今年は美眉に挑戦！」というテキストを眺めて、時間をやり過ごした。出産前に15年ほど教師をしたが、授業についてこられない学生の気持ちが、初めてわかった気がする。もしかしたらそれだけでも、息子のために収穫があったと思うべきなのかもしれない。

子を産んで筆跡を知らぬ友ふえてそれもよし流し素麺《そうめん》するする

河野裕子さんのこと　2010.10

歌人の河野裕子さんが8月に亡くなった。64歳、乳がん再発後も精力的に短歌の仕事をされていた。今月17日に京都のホテルで「河野裕子を偲ぶ会」が行われ、千人以上の人がお別れに集まったという。

残念ながら私は行くことがかなわなかった。作品は学生時代から愛読してきたが、京都在住の河野さんと直接お目にかかったのは、10回にも満たないくらい。最後にお会いしたときもお元気そうだったので、亡くなられたことがいまだに実感できずにいる。

初めてお話ししたのは10年以上前、渋谷のNHKスタジオ。短歌番組のゲストに呼んでいただいた。スタジオ内のトイレの場所を探しては迷い、トイレからスタジオに戻れなくなって迷い、収録後は駅までの道がわからなくなって迷い、方向音痴どうし何度も笑い転げた記憶がある。

やはり東京での短歌の会の後に大勢で居酒屋で飲んでいたときのこと。先輩の歌人が帰るというので、私と河野さんで連れだって駅まで送っていった。居酒屋へ戻る道すがらふと足元を見ると、2人とも居酒屋のサンダルを履いていて（オジサンが履くような、あのゴム製の茶色くて大きいのです）、これまた2人で大笑いしたことも懐かしい。

5月に河野さんは斎藤茂吉記念文学大会の講演のため、上山にいらっしゃった。演題は「茂吉と食べ物」。河野さん御自身は抗がん剤の副作用でほとんど食べられない日々、ベッドに「寝っころがって」茂吉の17冊の歌集すべてに目を通し、食べ物の歌に印をつけていったという。そんなお話を聞くと痛ましく、こちらの背筋が正されるような気持ちにもなる一方で、「寝っころがって」茂吉の初版本を読む河野さんを想像するとどこかほのぼのとした雰囲気もあり、何ともいえない複雑な気分になった。

休憩時間、河野さんは私に「出産後はどう？　子どもはかわいいでしょ？」と聞いてくださった。「かわいいにはかわいいですが、食事から何から手がかかって自分の時間が全然ありません」と溜息をつく私に「そうねえ、それはそうなんだけれどもね、人間は一生に一度くらいは自分を犠牲にして一所懸命に他人の世話をする時期がなければいけません。そうじゃないとテングになります」と河野さんは真顔で静かにおっしゃった。

執筆、選歌、講演など多忙を極めるなか家事をこなし、夫の永田和宏さんを支え、2人の子を育ててきた人のまっすぐな言葉だった。

上山での河野さんは闘病中とは思えないほどお元気だった。しかし、思えば初めて笑いころげることもなく、私はしんとした気持ちで河野さんのお話を聞いた。亡くなるちょうど3カ月前に、河野さんから一生の宝物をいただいたように思っている。

コスモスを見るたび今は亡きひとの笑顔ばかりを思ひ出すなり

優先席に座る人　2010.11

運転免許を持っていないので、2歳の息子を連れてバスに乗ることが多い。これがなかなかスリリングである。以前は、抱っこしていればおとなしくしていたのに、今はおしゃべりしたい盛り、歩きたい盛り、そして何でも「自分で！」のわがまま盛りである。

窓の外を眺めながら「あ、パトカー！」「るーぷるのバス来た！」「ごみ収集車いるよ！」と喜ぶのはまだよいとして、目を閉じている人を指さして「寝てるね！」、目を覚ますと「起きたよ！」という実況中継には冷や汗が出る。飽きてくると、「歩く！自分で！」が始まる。

「バスの中では小さい声で話してね。急に止まったり動いたりするから、ちゃんとつかまっていてね」と言うと一応うなずいて分かったふうな顔をするが、1分ともたない。こんなとき、座席に座れるとほっとする。膝の上に抱いて自由を奪い、頬をくっつけるようにして小声で話せば、何とか他人に迷惑を掛けることもない。

優先席を利用することもたびたびだ。自分も子どもも元気なのに優先席に座ることにはためらいがあった。でも表示をよく見ると「お年寄りや体の不自由な方、妊娠中の方」だけではなく「乳幼児をお連れの方」も対象なのだ。これは自分が子どもを持つまで気付かなかった、というか実感できなかったことだなあ、と恥ずかしながら思う。

週に1度、子どもを預けて夜8時まで仕事をしている。8時過ぎにお迎えに行き、一緒にバスで帰宅するのだが、いつも車内が混んでいて、ヒヤヒヤする。ある日、やっと優先席に息子を抱いて腰掛けたが「自分で座る！」「降りる〜」とぐずりはじめてしまった。

仕事帰りの疲れた人たちがぎっしりの車内で必死に子どもをなだめていると、隣に座っていた青年が「大丈夫ですか」と声を掛けてくれた。そして、デイパックにぶらさげたカラフルな小さい人形を息子に触らせ、小声で遊んでくれたのである。30歳前後だろうか、外見はいかにも今どきの若者、かつ色白の草食系イケメン男子の思わぬ心遣いに感激し、御礼を言ってバスを降りた。

1カ月ほどたったある日。今度は朝、同じ路線の同じ優先席に座っていたら、息子が隣をじーっと見つめている。そこには、あのカラフルな小さい人形があった。息子がニコニコして人形に手を伸ばしたので、「前にもこれで遊んでもらったね」と言うと青年の方も気付き、さわやかな声で「そうでしたっけ」と答えてくれて会話が始まった。

名前や年齢を聞いてもらって息子が機嫌よく答え、話が盛り上がったとき、青年の手がバスの手すりに伸び、上下に動いた。一瞬何をしているのか分からなかったが、すぐに気付いた。降車ボタンを探していたのである。ボタンは手すりではなく、窓の所にあった。

私が慌ててボタンを押そうと体をねじったとき、青年の足元に小さく折り畳まれた白い杖が見えた。すっかり懐いて「また会えるかな」と言う息子に「きっと会えるよ」と笑顔で答え、青年は降りていった。窓から青年の姿を探すと、駅前の雑踏の中を白い杖をつきながら颯爽《さっそう》と歩いてゆく。仕事に向かうのだろうか。息子は「また会いたいよねえ」と言いながら、青年に手を振り続けた。

すれ違ふひとりひとりに「チハ！」と言ひ木に月に言ひ電柱に言ふ

ひと言に斬殺されしわがこころむしろ清《すが》しき白刃の死は　星野京

私も、切り殺された。先日、息子のお迎えに行った保育園で、4歳くらいの女の子が私の顔をしばらく見上げてから、ボソリとつぶやいたのだ。「ねえ、年とってる?」。高校生の子どもがいてもおかしくない自分の年齢を自覚しているつもりだったが、この無邪気さ残酷さはまさに白刃の切れ味。もっとも、衝撃が大きすぎて、すがすがしい気持ちにはとてもなれなかったが。しばらくの間「年とってる?」の一言が、頭の中をぐるぐるまわっていた。

時に、一言は悩ましい。デパ地下の惣菜売り場で、中国人のカップルが明らかに難儀しているのに行き合った。日本語が達者でないらしく、身ぶり手ぶりでコロッケを5つ注文したのだが、若い女性の店員は早口で「ほかにはよろしいですか?」と言っている。カップルにはその一言が分からない。何度も聞き返し、首をかしげている。店員も、マニュアルで決められているのかとっさの対応ができず、困った表情で「ほかにはよろしいですか？」と同じことを繰り返すばかり。

おせっかいな私は思わず「还有吗《ハイヨウマ》？（まだほかにありますか？）」と口に出していた。2人の顔がぱっと明るくなって「没有《メイヨウ》、没有！（ないよ）」と手を横に振り、笑顔でこちらを見て「アリガトウ」と言ってくれた。店員も会釈して「ありがとうございます」と言い、ほっとした顔でレジを打ち始める。その場を離れつつ、でも一番喜んでいるのは私かもしれない、と思った。たった一言でも、適切な場面で適切な中国語を使えたという自己満足。時に、一言は人を有頂天にさせる。

「还有吗？」は、ほんの1カ月留学していた北京の語学学校で、担任の張先生が繰り返し言ってくれた言葉だった。留学生活の思い出を中国語で自由に話すという口頭試験で、たびたび言いよどむ私に「还有吗？（ほかには？）」と何度も優しく話しかけ、たくさん話すように促してくださった。へたっぴな中国語で長々と話し、先生にほめられて得意になっていたのも、もう20年前のこと。中国語もおおかた忘れて、今とっさに出てくるのは「还有吗？」の一言と張先生の笑顔ばかりである。時に、一言は懐かしい。

朝の冷気に沈むひとこと、ひとことが人生を変へてゆくさびしさは

ガザに死ぬ子のニュース聞き聞きたれど夕べ聞こえぬふりで葱切る

二〇〇八年から翌年にかけてのガザ紛争では、パレスチナ側の犠牲者は一四〇〇人を越え、三〇〇人ほどが子どもだったという。そんな数字ばかりのニュースでさえ悲しい気持ちになるが、いちいち足をとめて落ち込んでいる余裕はない。とりあえず目の前にいる自分の子どもの食事を作り、ぐずるのをなだめて風呂に入れ、寝かしつける。ガザ地区の母親たちも、同じように子どもの世話をしているだろう。どんな料理を作ってどんな所で休むのだろうかと想像すると、さらに悲しくやりきれない気持ちになる。でも、今の私にできることはない。見ないふり聞かないふりでやり過ごす。

二歳の息子は大人用の「目で見る百科事典」を眺めるのが大好きだ。以前は動物のページばかり見ていたが、最近は乗り物に興味があり、「きゅうきゅうしゃ」「しんかんせん」「ひこうき」などの写真を指さしては「これなに?」「これは何のお仕事するの?」と聞いてくる。

三十年近く前に刊行された事典だが、五十音順に並んだすべての項目にカラーの写真がたくさん載っているのだ。「きゅうきゅうしゃ」と「しんかんせん」の間には「ぐんかん」「ぐんようき」があり、「しんかんせん」と「ひこうき」の間には「せんしゃ」も登場する。息子が軍用機の写真を指さして「これは?」と聞いてきたら、聞こえないふりはできない。その時、何と答えよう。

息子の水、私の水　2011.3

こぼさずにコップの水を飲んでゐる子のしづけさを悲しみて見つ

食卓でふと目を離すと、二歳半の息子が水遊びを始める。小さいプラスティックのコップに入っている水を、「じゃー」と言いながら私の陶製のマグカップに移すのだ。全部移し終えると、今度はマグカップの水を再び「じゃー」と言いながら自分のコップに戻す。真顔で、何か重要な実験をしているように見える。放っておくといつまでも繰り返し、いっこうに飽きることがない。いいかげんにやめさせなければと思いつつ、これだけの単純な作業に夢中になっている様子がおもしろく、つい見入ってしまう。

息子は水道の蛇口を全開にして手を洗う。手を洗うというか、ものすごい勢いで洗面台に落ちては流れてゆく水に両手を差し出し、うっとり見とれているだけなのだが。「水がもったいないよ、はい石鹸つけて、指の間も洗って……」とこまごま指示して手を洗わせればよいのだが、二歳児の恍惚とした表情を見ると、何だか声をかけるのが悪いような気がして、黙って見ていることがある。
幼い頃は、私もこんな遊びをしていたのだろうか。水の存在そのものの不思議さ、水の手触りそのものの気持ちよさに心を奪われ、我を忘れて遊ぶという贅沢を、私はすっかり忘れてしまった。

出産時、水が飲めなかった。陣痛が始まって病院へ行ったら、診察後に「ああ、これはすぐお産になりそうだから、もう水分はとらないでおいて」と指示された。実際は、その後三十六時間産まれなかった。あまりに時間がかかったので手術室に運ばれ、お腹を切られて出てきたのが、息子である。手術後もしばらくは水分補給が許されず、点滴とうがいのみだった。病室に持ち込んでいたペットボトルの水を眺めながら、ただ一口の水も飲めないという状態が丸二日以上続いたのである。そんな経験も、今思えば贅沢といえるのかもしれない。水遊びをする息子を見ながら、せつなく思い出す。

あとがき

震災前の〈ものさし〉が役に立たないと感じはじめたのは、いつの頃からだったか。東日本大震災から五年目を迎えたこと、震災直後に宮崎に移住したこともあって、私自身の中でも震災の記憶は薄れて風化が進んでいる。それでも、震災前の〈ものさし〉を取り出してきて再び使おうという気にはならない。五年がたった今、震災前の自分は、今の自分とは全く違う人なのではないかと思うことがある。たぶん私は、震災前の〈ものさし〉をどこかで捨ててしまったのだ。

巻頭の「神のパズル」は、二〇〇四年十二月刊行の雑誌「ガニメデ」(vol.32)に掲載され、その後に歌集に収めた連作である。当時住んでいた宮城県石巻市の自宅から車で一時間の距離にある女川原子力発電所の存在を意識したことをきっかけに、およそ百年の歴史を逆年順にさかのぼっていく構成で百首を作った。当時はまだ聖書の神を知らず、原発についての知識も不十分だったが、連作をまとめながらしきりに感じたのは、人間の知恵や技術といっても限界があり、万能ではないということだった。そして今あらためて百首を読み返すと、作品のなかでは原発事故を想像しているくせに、原発から二十キロ弱の場所に住みながら、自分が被曝の当事者となる可能性についてはかなり楽観的だったことに気付いて愕然とする。

本書に収録した短歌や文章は、「神のパズル」と同様にゆるやかに過去へさかのぼる構成となっている。東日本大震災から五年目の春という〈今〉を起点に、二〇一一年三月十一日へ、さらにそれ以前へという流れで、短歌作品については、ほぼ二十年の間に発表したものが収録されていることになる。

デザイナーの小玉文さんには、装丁と組版だけではなく、内容や構成についても斬新な提案をしていただいた。独立編集者の石原重治さんは、行き届いた心くばりと細やかなアドバイスをたくさんくださった。すいれん舎の高橋雅人さんからは、雁書館から刊行されて今は絶版となっている私の三冊の歌集の復刊をというお話をかねてよりいただいていたが、最新作や講演録、昨年九月に刊行されたばかりの歌集『桜の木にのぼる人』からも歌を選んでこのようなスタイルの本になったのは、東日本大震災とその後の状況によるところが大きい。私が手に入れた新しい〈ものさし〉が、この本の中に表れていることを願いつつ。

二〇一六年二月二十九日

大口玲子

初出一覧

神のパズル	歌集『ひたかみ』二〇〇五年十一月　雁書館
竹山広の歌	現代歌人集会春季大会 in 長崎〈竹山広—戦後七十年〉二〇一五年七月二〇日
被災者にわれはあらぬを	「心の花」二〇一四年七月号
土地の気配、場所の記憶	「心の花」二〇一四年一〇月号
原発事故後の言葉	「心の花」二〇一五年二月号
原発は人を養ひ——故郷と原発	「心の花」二〇一五年三月号
なかったごとき戦争	「心の花」二〇一五年四月号
未来を断たれる理不尽さ	「心の花」二〇一五年六月号
水は清きふるさと	「宮崎日日新聞」二〇一二年一月一日
絵本が表す母の痛み	「朝日新聞」二〇一三年十二月八日
今日のいいこと	「宮崎日日新聞」二〇一四年十月五日
じしんのときのこと	「日本児童文学」二〇一五年三〜四月号
ハナちゃんのお母さん	「星座—うたとことば」二〇一六年　初虹号 No.76
たがや	「短歌」二〇一五年八月号
長崎／忍野	「心の花」二〇一五年九月号・十一月号・十二月号
秋天に富士	「短歌往来」二〇一五年十二月号
歌集『桜の木にのぼる人』	二〇一五年九月　短歌研究社
歌集『トリサンナイタ』	二〇一二年六月　角川書店
母子避難を「語る」ことの難しさ	『ジュニア版原子力年表』編集委員会　於法政大学　二〇一五年十一月二十八日
歌集『ひたかみ』	二〇〇五年十一月　雁書館
歌集『東北』	二〇〇二年十一月　雁書館
歌集『海量（ハイリャン）』	一九九八年十一月　雁書館
母にビールを	「河北新報」二〇〇九年一〇月二〇日
犬はどこにいる	「河北新報」二〇〇九年十二月一日
歩くということ	「河北新報」二〇〇九年十二月二十九日
息子のために	「河北新報」二〇一〇年七月二十七日
河野裕子さんのこと	「河北新報」二〇一〇年十月二十六日
優先席に座る人	「河北新報」二〇一〇年十一月三〇日
時に、一言は	「河北新報」二〇一一年二月二十二日
聞こえぬふりで	初出紙誌不明
息子の水、私の水	「歌壇」二〇一一年三月号

著者略歴

（おおぐち・りょうこ）

一九六九年、東京都生まれ。歌人。歌誌「心の花」所属。早稲田大学第一文学部日本文学専修卒業後、中国吉林省、東京、仙台、福島で日本語教師をつとめる。結婚後は宮城県仙台市、石巻市に住み、東日本大震災を機に二〇一一年より宮崎県宮崎市在住。

〈著書〉
歌集『海量（ハイリャン）』（一九九八年　雁書館）　第43回現代歌人協会賞
歌集『東北』（二〇〇二年　雁書館）　第1回前川佐美雄賞
歌集『ひたかみ』（二〇〇五年　雁書館）第2回葛原妙子賞
歌集『トリサンナイタ』（二〇一二年　角川書店）第17回若山牧水賞、芸術選奨文部科学大臣新人賞
歌集『桜の木にのぼる人』（二〇一五年　短歌研究社）　第26回宮日出版文化賞
他に『セレクション歌人5　大口玲子集』（二〇〇八年　邑書林）。

神のパズル

2016年4月8日 第1刷発行

著者 大口玲子

発行者 高橋雅人

発行所 株式会社すいれん舎
〒101-0052
東京都千代田区神田小川町
3-14-3-601
電話 03-5259-6060
FAX 03-5259-6070

印刷・製本 亜細亜印刷株式会社

装丁・組版 小玉文 BULLET Inc.

ISBN978-4-86369-439-2 Printed in Japan

わが馬は初夏へ走りゆき日本語を捨てて詩を書く充実にゐる